U0030053

第二次初戀
The Second First Love
Misa 著
阿歾Amo 繪

楔子

初戀的定義是什麼？
是第一個喜歡上的人？
還是第一次談的戀愛？
大家總說，初戀是沒有結果的。
因爲是第一次，所以沒有經驗，沒有防備。
初戀來得悄然無聲，也離開得措手不及。
那樣的初戀，不僅僅是幼稚園和國小時，喜歡隔壁班的班長，或是旁邊的同學那種淡淡的好感。
所謂初戀，是會讓妳感到疼痛、無可奈何、莫名想掉淚，讓妳幾乎無法掌控自己的心，這樣的情感才能稱爲初戀啊！

我們，會把初戀獻給怎樣的一個人？

第一章

他像顆太陽般閃耀奪目，所有人跟他相比，都黯然失色。

向春日曾說過，他不喜歡被告白。

我笑著揶揄他：「這是什麼自戀的宣言？」

然而他只是一副我什麼都不懂的姿態，故作惋惜地搖頭，還不忘嘆一口氣。

「什麼嘛！」拍了一下他的肩膀，我翻開桌上的國文課本，開始背誦等會兒上課要默寫的課文。

「我不懂，爲什麼要求我們背課文？難不成出社會找工作時，面試官會叫我默背〈桃花源記〉，如果背得出來就錄取我嗎？」向春日的個性還眞不是普通乖張，我冷眼看向他，不作評論。

「嘿，少在那邊裝模作樣了，管他出社會後有沒有用，第一，我們離出社會還有很長一段時間；第二，考試要考，我們就要背。」涂晶晶加入我們的話題，斜眼看著向春日，「況且你這優等生怎麼可能沒背？」

向春日聽了嘿嘿笑著，眼角有著細細的笑紋，每一次他瞇眼微笑，那笑紋就會抓住我的視線，我喜歡笑起來眼角有紋路的人，看起來很眞誠。

「說優等生就太抬舉我了，我只是剛好功課比較好一點。」向春日依舊瞇著眼睛笑。

「黎莞，我勸妳不要跟向春日這種表裡不一的人說話，他其實在干擾妳背書。」白了一眼向春日，涂晶晶伸手玩弄起我的長髮。

「我會不知道他的企圖嗎？」我挑眉，向春日說我們把他想得太壞了。

一股無言的默契瀰漫開來，明明身處於嘈雜的教室中，但我們三個之間，卻擁有如同午後靜謐時光的氛圍，我很喜歡，也很享受。

忽然走廊傳來一陣喧譁，一群人在那兒蹦蹦跳跳，即使壓低了聲音討論，依然極爲高調。我原以爲，又是向春日的粉絲躲在走廊上偷看他，但仔細一瞧才發現，女學生們這次的目標是隔壁B班教室。

「他們在幹麼？」涂晶晶好奇，「是什麼偶像明星來了嗎？」

向春日慵懶地往外頭看去，聳聳肩表示沒興趣也不想知道。

「反正不會比等一下的默寫考試重要。」我說。

我們沒有像班上其他人一樣出去湊熱鬧，而是乖乖待在座位上，向春日這資優生閉目養神，完全沒被干擾，腳還悠哉地蹺在桌子上。

他那愜意的模樣看得我心裡有氣，冷不防地拿起國文課本攻擊他的肚子，果然瞬間讓向春日瞪圓眼睛跳了起來。

「黎莞！妳很幼稚欸！」他大吼，一邊揉著自己的肚子，我和涂晶晶則是哈哈大笑。

向春日皺眉，眉宇間泛起明顯的細紋，爲什麼明明是正值青春年華的高中生，臉上的紋路卻這麼多啊？

窗外的幾個女學生目標轉回向春日身上，在那兒竊竊私語。

「就算你有很多粉絲，但對我們來說，你不過是向春日。」涂晶晶睥睨了外面的女孩一眼，「妳說是不是啊？」然後轉而看我，徵求我的同意。

我用力點頭，還補了一刀，「向春日，你的費洛蒙攻勢對我們兩個是無效的！」

「那樣最好。」向春日笑了起來，而那個笑容，很輕鬆。

隨著上課鐘響，外頭的騷動也稍稍平息，我還是禁不住好奇心，朝人群聚集處望去，清一色女學生擠在隔壁班的走廊上，直到隔壁班老師到來，女學生們才依依不捨地離開。

「想必隔壁班的轉學生是宇宙無敵大帥哥吧！」坐在我左側的涂晶晶用課本掩著嘴小聲對我說。

隔壁班來了個轉學生，這是全校都知道的大新聞，但是不是帥哥我就不清楚了。

「看來我們的校園王子要失寵了。」我調侃向春日。

他無所謂地聳聳肩，擺明不放在心上。

也是，隔壁班是隔壁班，跟我們一點關係也沒有。

「我們學校的轉學考不是不容易嗎？這時候轉來，亂奇怪的。」向春日沉吟。

「代表他很聰明吧。」涂晶晶不以為意。

「恐怕向春日第一名的寶座也不保嘍。」我逗他。

「我也只是在班上第一名，又不是全校第一名，隔壁班轉學生的成績再好，也與我無關！」向春日白我一眼。

等老師進到教室後，我們的沒營養談話也就此結束，拿出空白測驗紙，開始默寫課文。

〈桃花源記〉主要是說一個漁夫在溪水上游處發現一片桃花林，裡頭有個與世隔絕的桃花村，那裡的人耕種勞作，自給自足，家不閉戶。村民們熱情招待漁夫，擺酒設宴，好不熱鬧。

逗留幾天後，漁夫依依不捨離開。臨走前村民要漁夫對桃花村的事情保密，漁夫卻沿路做了標記，回到城內後告訴太守，一票人又浩浩蕩蕩往桃花村前進，卻再也找不到通往桃花源的路了。

依我看啊，漁夫八成是遇到秦時死在戰亂中的百姓，那些百姓的鬼魂迫切希望有個平安的地方可以安居樂業，於是幻化出桃花源，漁夫只是碰巧闖入。

然而漁夫不聽鬼的叮囑，一個人回去就算了，還帶著一大票人，難怪尋著標記也找不著，這擺明是鬼打牆啦。

我在課堂上發表我的看法，引來全班一陣訕笑。

這一節課結束後，向春日搖著頭坐到我前方，斜眼看著我：「妳剛剛講的是認眞的嗎？」

「很合理不是嗎？」我沒好氣地回應，剛剛就他笑得最大聲。

「依我看，妳不是笨，而是老是不知道在胡思亂想些什麼，占據了妳的腦容量，眞想看看妳這顆腦袋裡究竟裝些什麼？」

「腦子啊！」我笑著說。

向春日撥了撥自己的頭髮，他每天花好多時間整理他那頭鳥巢，用了好幾種不同的定型液、髮蠟等，讓頭髮維持好看有型。

我搞不懂這種刻意的造型，跟他某天睡過頭頂著一頭亂髮出現時有什麼不同啦，但這種亂亂的髮型的確和他的臉很搭。

他的名字很沒創意，只因爲他是在春天的日子出生，所以取名爲春日。

而我們三人行裡另一個女孩——涂晶晶，人如其名，最喜歡亮晶晶的東西，從不把校規當一回事，每個禮拜都會換一次水晶指甲。她說飯可以不吃，指甲不能不做，堅持只要指甲美了，整個人就美了。

望著自己修剪整齊、沒有任何人工顏料沾染的指甲，我覺得這樣也不差啊。

「想不想去看看隔壁的轉學生？」涂晶晶問。

我瞥了眼走廊上又再度擠滿女學生的盛況，只是搖搖頭，「沒那個體力，也沒那個興趣。」

「妳作爲女人簡直枯萎了！」向春日故意張大嘴誇張地喊著，「還是說，因爲身邊有我這樣的人，導致妳對其他男人的眼光也變得嚴苛了？」

「向春日，我覺得你太過自信了。」我白眼。

他只是自負地笑了笑，拿起籃球，一陣吆喝，大部分的男生立即跟在向春日屁股後，往操場跑去。

「他就像是猴子山大王。」涂晶晶望著向春日的背影，「還是美猴王。」

「但還是猴子啊！」我大笑，覺得他與其叫向春日，不如叫向夏日還比較貼切。

盛夏之王，向春日本人就像顆太陽般，閃耀奪目，所有人跟他相比，都黯然失色。

轉學生旋風一直沒有停歇，每節下課，都可以看見女學生一窩蜂地占據走廊，害得我們要去其他教室上課或是要去福利社時，都得繞到另一邊的樓梯才能下去。

「如果轉學生長得很普通，一樣兩隻眼睛一個嘴巴，造成這麼多麻煩也太不值得了！」涂晶晶受夠繞遠路，正企圖從人群中闖過去。

「誰不是兩隻眼睛一個嘴巴啊？而且妳還漏掉了鼻子。」我手抓著她的衣角，偷偷摸摸地推擠著她往前。

「可惡啊！好像回到高一剛開學那時，其他班女生和學姊都跑來看春日一樣！」涂晶晶成功擠過人牆，喘著氣說。

「現在也一樣啊，妳忘了很多人都是向春日的忠實粉絲嗎？」我手指頭數著三年級那幾個學姊，還有一年級的幾個學妹，以及已經畢業後還會爲了向春日回學校的學姊。

「話說回來，妳剛有看到B班教室裡面嗎？」涂晶晶擺擺手，不想再談論向春日的豐功偉業。

「人這麼多我是要怎麼看啊。」兩手一攤，我往樓上的音樂教室走去。

「已經一個多禮拜了，就算他眞的都被粉絲們團團包圍好了，我們好歹就在隔壁班，居然都沒見過轉學生的廬山眞面目。」

「難不成他是阿飄？」我認眞回答，卻被涂晶晶一掌打在額頭上。

「這樣子我越來越好奇了。」

「如果哪天妳成功看到他，記得順便拍張照片讓我瞧瞧。」我揉著額頭，眞是的，掌勁也不稍微控制一下。

下一節是音樂課，音樂教室在對面大樓，正巧可以看見我們C班的教室，我照例選了靠窗的座位，不經意地往窗外看去。

上課鐘響了，走廊上那群瘋狂粉絲也撤得差不多，我瞇起眼睛努力想看清楚隔壁班的人，是否有張特別突出的面孔，卻怎樣也沒找到。

「妳也迷上轉學生啦？」向春日用音樂課本打在剛剛涂晶晶造成的傷害上，害我哇的叫了一聲。

「憐香惜玉懂不懂啊！」

「在哪裡啊？」機車的他只是邊笑邊坐到我後面。

音樂課的座位不固定，但我們三個人已有默契，向春日每次都會坐在我身後，而我坐在窗邊，另一側就是涂晶晶的座位。

「春日，你看過那個轉學生了嗎？」涂晶晶問。

「看過了，打球的時候見過。」

「所以也是陽光派？」

「不，他只是經過操場而已，整個人陰沉陰沉的，文弱書生那種。」向春日聳聳肩，

「怎麼，妳們女生喜歡那一款的？」

我跟著聳聳肩，我甚至不曾有過喜歡一個人的感覺，哪知道那些女生的想法？

「照理說女孩子不會喜歡陰沉男吧，那應該叫做神祕感。」涂晶晶補充。

我點點頭，這樣講我就明白了。

「神祕感不就等於不安全感嗎？」向春日的疑惑還沒得到解答，音樂老師已經踏進教

室。

上課期間，我不只一次側頭看向對面B班的教室，無奈樓與樓之間的距離實在太過遙遠，我依然沒見到那位引起旋風的轉學生。

❋

我們就讀的高中，是本區第一大明星高中，約有四千名學生，除了高升學率，還以優良的教師團隊和注重學生身心發展著稱。

俗話說，學音樂的孩子不會變壞，給自由的孩子不會走偏。

好啦，最後一句是我自己加的。總之，給予小孩越多自由，小孩反而越不會去違反規定，舉例來說，小孩之所以違規，是因爲大人不准，如果反過來逼小孩去玩，搞不好他還會主動念書呢。

講這麼多，只是爲了帶出我們高中的課外活動精采多元，校慶、園遊會就不必說了，還有營火晚會跟文化祭，甚至在暑假七夕情人節還會舉辦小型煙火秀。每一次總能引起地區國中生間的迴響與討論，拚了老命想考上我們這所夢幻高中。

想當初，我就是在國二那年被煙火感動到，從此力爭上游，分數就在錄取邊緣險險晃過，如願考上。

這樣一所每年招生總是爆滿、轉學考進的機率總是在百分之五以下的明星高中，怎麼會有人有辦法在高二轉學進來？

光憑這一點，就足夠勾起大家的好奇心了，如果那人剛好又長得有那麼一點好看，能引發轟動我想也是理所當然。

只是直到目前爲止，我還不知道對方長得是圓是扁。

前面說到敝校學生有四千人，所以每天放學都像演唱會散場一樣，學校共有一百二十三輛校車，大約在打掃時間就會陸續駛進操場，等候放學的學生。

高一我也是校車族一員，但自從和單車族向春日以及住宿生涂晶晶熟稔後，我就轉而成了公車族。

不然每次放學都還來不及說再見，我就得趕著去搭校車。爲了能和朋友們有更多相處的時光，升上高二時，我毅然決然地和家裡爭取改搭公車上下學，我也想要放學後可以悠哉地和朋友們吃吃逛逛呀。

「馬上就要期中考了。」放學時刻，向春日單手撐頭，慵懶地翻閱書本。

「我看你不怎麼擔心。」涂晶晶手上的水晶指甲樣式又變了。

「我是不怎麼擔心。」伸伸懶腰，向春日欠揍地打了個大哈欠，那悠閒愜意的模樣看得我氣憤難平。

當初我幾乎是快燒壞腦袋才有辦法考上這所學校，入學後，與同學間的程度差異，讓我明白了現實的殘酷，每次期中期末考前如果不狠狠熬夜個幾天，根本連及格邊緣都摸不到。

「我看你都沒在念書，爲什麼還能考第一名？上天眞是太不公平了！」

「黎芃，妳這是在抱怨嗎？」向春日傾身靠在我桌前，眼神狡猾地盯著我。

「你走……」話還沒說完，就聽到後門被拉開的聲音。

我們三個人同時往後門看去，是一個看起來相當羞赧的清純女生。我的視線落向她的制服——一條線，是一年級生。

「那個……向學長，你現在有空嗎？」她的聲音細如蚊蚋，背後還站了兩個女生，應該是陪著一起來壯膽的。

見到此景，已經見怪不怪的我與涂晶晶，只是拍拍向春日的肩膀，然後繼續討論功課。

「唉。」向春日小小聲地嘆口氣。

我瞪大眼看著他，怎麼？這個人是被告白到厭煩了是嗎？

等到向春日關上門走出教室後，涂晶晶淡淡地說：「他每次被告白，都會這樣嘆氣。」

「他甚至說過討厭被告白。」我們兩個對視一眼，一同搖搖頭，這是多麼討人厭的奢侈煩惱啊！

隨意翻閱了幾下書頁，內心卻一直停在向春日方才那聲輕輕的嘆息，我終於按捺不住好奇心，拍了拍涂晶晶的肩膀問：「要不要去看看？」

「偷窺告白現場？太缺德了！」涂晶晶噘嘴，「但是我喜歡。」

我們兩個掩嘴笑了起來。

學校最有名的告白地點不外乎就是後院或是體育館後，而我們教室鄰近體育館，理所當然我們便往體育館的方向走。

雖然向春日不是第一次在跟我們打屁時被叫出去告白，但我們兩個還是第一次跟過去偷窺。

老實說，我還沒見識過告白現場，心跳飛快，手心冒汗，不知道是在緊張什麼。

遠遠就看見向春日和三個學妹，我拉著涂晶晶往一旁草叢躲。

向春日手插口袋，看起來漫不經心，我有些意外，他的臉上雖然掛著親切的微笑，卻不像平常那樣真誠，而是帶著疏離。

「春日……好像有點奇怪？」涂晶晶也察覺了，我點頭同意。

「噓。」但現在不宜討論，向春日這傢伙靈敏得很，小心被他發現。

向春日褐色的髮絲在陽光下更顯耀眼，腰桿沒挺直的隨性站姿，和身體僵硬的學妹形成對比。

「為什麼告白還要帶人一起？」涂晶晶又開口。

「壯膽吧。」我壓低聲音，比了個噤聲的手勢。

「拜託，這樣超沒誠意的，這代表交往以後發生任何大小事，女生都會跟朋友講，壓力很大呢！」涂晶晶依舊發著牢騷，我瞪了她一眼，她才吐舌聳肩，安分地不再說話。

「向學長，我……我是去年來參觀學校時，迷路的那個人，是你帶著我找到老師，所以從那時候我就發誓一定要考上這裡，再見你一次。」

不錯，有勇氣！一口氣講完又充分表達自己已經愛慕向春日一年多。

我在心裡暗暗比讚，只是說……向春日那一臉無趣的樣子，讓我的心裡有些不安。

他一定會拒絕，而且我總覺得，他不會給對方台階下。

「所以學長……我……我很喜歡你，你可以跟我……」

「不可以。」

果然！

向春日你也等人家講完再拒絕啊！這樣很不禮貌欸，沒看見學妹錯愕的臉嗎？

「哈哈哈。」涂晶晶忍不住笑出來，好在她還知道要控制音量。

「學長，她很純情呢！你是她的初戀！」友人一開始幫腔。

「是啊，學長，反正你也沒有女朋友。」友人二跟著說。

身爲告白女主角的學妹只是傻愣在那裡，眼裡醞釀著淚水企圖讓向春日心軟。

「誰說我沒女朋友？」向春日皺眉。

「因爲、因爲就是沒有啊！」友人二慌張。

「我們調查過了！」友人一洋洋得意。

噢……向春日最討厭人家調查他了。

「踩到地雷了。」涂晶晶吹了聲口哨，我趕緊捂住她的嘴巴。此時，向春日眼尾往我們躲藏的地方狐疑地看了一眼。

「保證不再說話了。」涂晶晶舉起手發誓。

「還需要調查，可見妳們根本不了解我。」向春日臉上掛著微笑，語氣卻冰冷得要命。

三個學妹瞠圓眼，不敢置信自己所聽見的。

「向學長……」

「很抱歉，我不是妳們想像的那種好好學長，也不是妳們以爲的那種人。」向春日不但沒有停止，砲火還更加猛烈。

「你有必要這樣說話嗎？」友人一不悅地向前一步。

「是啊，她這麼喜歡你，你卻這樣，太讓人……」

「讓人怎樣？失望？」向春日打斷友人二的話，臉上的笑容都沒了，「別擅自喜歡我，又擅自感到失望，我從來不是妳們自以為是的想像。」

他的眼神冰冷，臉上雖又揚起笑容，卻沒有一點溫度，連遠觀的我都不禁發寒。

我從來沒有看過這樣的向春日。

「就這樣吧。」向春日擺擺手，朝我們的方向走來。

就在他經過我們藏身的草叢時，明顯感受到他腳步微頓，露出一個不敢相信的表情，搖搖頭後才又邁開腳步。

等到三個學妹邊罵邊哭地離開現場，我和涂晶晶才狼狽地從草叢中走出來。

「老實說，我有一點嚇到。」我拍拍頭上的樹葉。

「我也被妳現在的樣子嚇到了。」身後突然傳來向春日的聲音。

我嚇得尖叫出聲。

向春日一臉燦爛的笑容，看得我冷汗直流，連連往後退。

「好啊，偷窺是吧？」向春日雙手環胸，居高臨下地看著我。

「誰偷窺，我們只是經過，對吧？」我手肘向後頂了頂想暗示涂晶晶，卻撲了空，轉頭才發現那沒義氣的女人已經跑走。

「妳們幹麼這麼八卦！」向春日的表情像是便祕一樣，所有的五官醜醜地皺成一團，他伸手蓋住我頭的兩側，不斷搖晃著我的頭。

「暈了啦！」我掙脫出來，內心還沒辦法從他剛才冰冷的神情抽離出來，看他現在如往常般帶著笑紋的臉，總覺得格格不入，我趕緊轉身逃往教室。

我邊跑邊回頭，向春日卻沒有追上來，他手插口袋站在原地，我看不清楚他的臉，但是站在那兒的向春日，讓我感到陌生。

向春日很受歡迎，根據他自己所說，他國中時交過許多女朋友，可是升上高中以來雖被告白無數次，卻沒再與任何人交往。

我回想著他拒絕人的模樣，臉在笑、眼在笑，但心沒笑。

面對那樣冷漠的向春日，我有一種很害怕的感覺。

等我逃回教室，涂晶晶已經收好東西回宿舍去了，她在我桌上留張紙條說聲Sorry，以爲我就會原諒她，這筆帳明天再跟她算。

聽見向春日的腳步聲在走廊響起，我連忙拿上書包，從前門溜走，我現在還無法面對向春日，畢竟是我理虧在先。

時間是傍晚六點半左右，公車候車亭已經沒什麼學生。我坐在椅子上悠哉等車，不巧看見稍早那三個學妹走了過來，因爲偷窺到向春日對她們的冷眼相待，導致我有一股莫名的愧疚感，所以我假裝要看站牌，站起來走到一旁。

她們坐上椅子，告白的那個學妹哭得梨花帶雨。

「我那麼喜歡他……」

小姐，不是妳喜歡誰，那個人就一定會喜歡妳啊！

「而且喜歡他這麼久了……」

小姐，愛情也不是妳等久了就是妳的啊！

「我是爲了他才來念這所高中……」

小姐，我還是爲了煙火拚死拚活才考上的啊！

「好啦，妳別哭了，是向春日沒有眼光。」友人一說，我拉長耳朵，被拒絕了就從「向學長」改口變「向春日」啦？眞是沒風度。

「他態度好差勁！把我們當什麼東西啦？」友人二如是說。

是啦，向春日態度是很差，可是妳們私底下調查人家也不對啊。

我邊聽邊搖頭，還不時偷笑一下，有些女孩子告白被拒絕後會惱羞成怒，轉而憎恨對方，尤其是有朋友在一旁幫腔時更是誇張。

「黎莌！」突然向春日的聲音從對面校門傳來，他踩在單車上對著我喊。

三個學妹頓時瞠大眼睛瞪著我。

嘿嘿，這下子她們應該了解什麼叫做「隔牆有耳」了吧。

於是我清了清喉嚨，對著向春日喊：「明天見啦！」

向春日看見和他告白的學妹一群人也在候車亭等公車，便決定先騎車離開。

「今天的事明天再說！」臨走前還不忘給我下馬威。

後來，那三個學妹直到公車來以前，都不敢再說話，我的心情有種莫名的愉快。

她們陸續上車離開後，我要搭乘的公車才慢吞吞地駛來，我坐到窗邊位子往外看，校門口有幅景象吸引了我的目光。

一個黑髮飄逸的男孩站在校門口，眼睛看著前方，視線卻像是穿過眼前所有事物，看向另一個更遙遠的地方。

他給我一種虛無飄渺的感覺，像陣煙，好像伸手過去就能穿過他的身體。

我想再多看他兩眼，無奈公車已起步，我只能看著他的身影漸漸消失在視線裡。

雖然學校裡的四千多名學生我不是每個都見過，但我有股直覺，他就是那個轉學生。

第二章

檸檬冰代表妳渴望充滿酸澀的愛情。

女生們瘋迷轉學生的現象，在期中考這幾天稍微退燒。原以為這就像謠言一樣，會逐漸被淡忘，但期中考後，這股熱潮竟再一次捲土重來，不為什麼，只因為榜首換了個人。

「常大為？」站在榜單前，向春日搔著頭。「這什麼名字啊？」

「你還敢批評別人的名字啊？日日春。」我調侃他。

「好久沒聽到這個外號了，眞是懷念啊！」向春日一點也不受影響。

「是閃耀太陽才對吧？」涂晶晶認眞地說。

向春日只是聳肩，眼睛看著榜單，沒望向她。

「你們看那個成績，全部滿分！會不會太誇張。」我看著分數大叫，七百分，這種恐怖的成績我還以為只存在於電視劇裡！

「這名字這麼陌生，應該就是那個轉學生了。」涂晶晶突然被旁邊的人推了一下，撞到了向春日。

「那妳們到底見過那轉學生了沒？」向春日繞到我的另一側，拿走我手上的礦泉水，大口喝下。

「好像有看到過，但又不是很確定。」自從那次在校門口無意一瞥，我就沒再見過那名黑髮飄逸男了。

「有沒有見過妳都不確定，妳是白痴嗎？」向春日失笑，將礦泉水還給我。

「全校四千多人欸，我不可能每個人都見過啊！」我打開礦泉水要喝，涂晶晶卻向我伸手，我將水交給她。「況且，有沒有看到根本沒差，我才沒興趣呢！」

「最近轉學生熱潮已經退了，但如果榜首眞的是他，想必又會再一次掀起狂瀾吧。」涂晶晶將喝完的寶特瓶壓扁，丟往一旁的垃圾桶。

「人就在隔壁班，但到現在已經一個多月了，我們竟然都沒有過他，眞不可思議。」走回教室的路上我兩手一攤，又再次看見B班教室走廊上擠滿女學生。

「看來常大爲就是那個轉學生沒錯，人怪名字怪，腦袋卻很聰明。」向春日挑眉。

「光是能半路轉學進來，就證明他不笨了。」像我期中考排名居然是倒數五十名，眞是太可怕了。

「還好我們學校沒有退學制度。」向春日當我是寵物般揉著我的頭髮，露出一個可憐我的笑容，最後我用一拳表達我的感謝。

後來，我終於匆匆瞥見神祕轉學生的背影了，那是在B班要去其他教室上課的時候，他經過我們班的走廊，而我恰巧抬頭。

明明是一片黑壓壓的後腦杓，穿著一樣的運動服，但我就是清楚看見其中一個人特別不同。

那種透明飄忽的感覺，就是那個轉學生給我的強烈印象。

可惜我只來得及捕捉到他的背影，就被向春日用橡皮擦屑攻擊。

不過沒關係，再過不久，轉學生的眞面目就要正式公諸於世了，因爲他考了全校第一名啊，要上台領獎。

而我對這件事情感到異常期待。

全校四千人站在操場上的場面何其壯觀，聽著校長和主任冗長的發言和宣導後，終於開始頒發獎狀。

我在班級隊伍裡不斷踮腳，企圖從等待領獎的學生裡找出那個轉學生，可是卻一直看見站在司令台邊的向春日。他對我擠眉弄眼，我回以白眼，用嘴型問他轉學生在哪裡，向春日兩手一攤，假裝不明白我在問什麼。

站在我後頭的涂晶晶嘖了一大聲，我轉頭問她是不是也被向春日的白目惹生氣，她卻說是因爲天氣太熱。

向春日除了要領取全班第一名的獎狀外，還有張全市一百公尺短跑第一的獎狀。參加田徑社的他出去比賽永遠會帶著獎項回來，每次看到向春日，我就有一種想吶喊老天爺眞是不公平的衝動。

「輕輕鬆鬆。」一邊拿著兩張獎狀搧風，一邊走回我們班隊伍前排，向春日高傲地用下巴看我。

眞不知道他有什麼不擅長的事情。在我印象中，向春日總是充滿自信，好像他做什麼事都會成功。

啊！眞想看他垂頭喪氣或是不知所措的模樣！

不過他上次那種拒絕學妹告白的冰冷表情，我希望有生之年不要再看見。

就在這時候，操場上的騷動引起我的注意，順勢往司令台看過去，終於讓我看清轉學生的長相。

「接著頒發二年級全校第一名獎，二年B班，常大爲。」

白襯衫、卡其褲配上黑皮鞋，是我們學校男生制服的標準規範，普普通通的襯衣長褲，常大爲穿起來卻很怪，像是可笑的卡通外衣。

他的黑髮在陽光下看起來很好摸，屬於髮質細軟那種，陽光映照在他的髮絲上，襯得他整個人閃閃發光。

我明白爲什麼向春日會說他看起來陰沉，因爲他頭髮眞的太長，瀏海還蓋住了他的眼睛。

不過扣除這點，他的確有張女孩子會喜歡的臉。

我就這樣記住了常大爲的名字，原因無他，就只是好記，眞不知他爸媽是怎麼想的？怎麼會有人把小孩取名叫做大爲？

代表大大的有所作爲嗎？

我趴在窗邊，漫無目的地看著天上的麻雀吱吱喳喳，然後又往左側B班教室看了下，再看了看電線杆上的燕子，又往B班走廊看一眼，就這樣循環往復。

「有什麼東西好看啊？」向春日湊到我身旁，跟著我的視線看。

「你哪有辦法瞧見我眼中世界的廣大啊？」我站起來卻撞到他，「靠那麼近很熱欸！」

「是妳太胖吧！」向春日捏了捏我的蝴蝶袖。

「你才胖！」我很在意最近胖了兩公斤！臭向春日！

「幼稚二人組，你們聽說另一件更幼稚的事情了嗎？」涂晶晶拿著一張宣傳單，一臉壞笑。

「什麼事？」我先打了向春日的頭一下，才接過傳單，一看便傻眼。

「有沒有搞錯啊！」向春日眼睛睜得老大，「妳們女人眞是太難以捉摸了！」

傳單上寫著：「常大爲粉絲俱樂部」會員召集中。

「我的天啊，這樣也可以創一個社團？」因爲太過好笑反而導致我不知該做何表情。

「學校一定不會通過，這算是侵犯個人隱私。」涂晶晶竊笑著，「我倒想知道常大爲的反應。」

「依然冷冰冰吧，妳們知道他的外號是什麼嗎？」

我和涂晶晶對看一眼，異口同聲地說：「大爲王子？」

「錯！男生私底下都叫他『死魚眼』。」向春日翻了個白眼，嘴巴一開一闔的模樣惹得我們大笑。

死魚眼啊……說實在話，我覺得有些貼切。

忽然，我望向外頭走廊，又再一次，只看見常大爲的背影消失在轉角處。

「今天禮拜五，晶晶也要回家對吧，要不要順便去吃冰？」打掃時間，向春日將卡其色褲管捲到膝蓋，拿著水管在花圃中澆水——或者說玩水。

他朝著樓上，也就是我們的教室喊，我和涂晶晶從欄杆往下看，水珠和陽光以及他的褐髮，組成一幅很美麗的畫面。

「好哇，吃冰吧！」涂晶晶喊著萬歲，我當然也沒問題。

「就去『花之冰』吧！」向春日對著我們笑，那個笑容像盛夏裡的太陽，令人無法直視。

我就說嘛，他一點也不適合「春日」這個名字。

放學後，我們一起往學校附近的花之冰前進，店裡所有盤子都是花的外型與圖案，故稱爲花之冰，其中我最喜歡檸檬口味的冰。

「很怪，在刨冰上面淋上完全沒有顏色的檸檬汁，這麼酸會好吃嗎？」向春日皺眉頭，他自己吃的是盛夏拼盤，有五種水果和煉乳，售價八十五元，是超級豪華版冰品。

「她就最愛那種酸到骨子裡又甜回來的食物。」涂晶晶則是沒創意地選了紅豆牛奶冰。

「你們不懂，檸檬對身體很好。」我扭頭。

「從食物看個性，紅豆牛奶冰呢，代表喜歡一成不變，而春日的盛夏拼盤，代表不容易滿足，至於酸檸檬啊……」涂晶晶骨碌碌的雙眼在我臉上打轉。

「怎樣了？」看得我心亂不安的。

「代表妳渴望充滿酸澀的愛情。」

「什麼東西啊！」我大翻白眼，「你們兩個都是人生態度，怎麼我就變成愛情了？」

「不是有一句話是這樣講的，『初戀就像檸檬味』。」涂晶晶歪頭故作天眞。

「是『初吻就像檸檬味』才對吧！」我糾正。

可是都沒經驗的我們怎樣也討論不出答案，所以齊齊轉向了假裝沒在聽的向春日，出聲哀求：「春日——」

「妳們別用那種聲音叫我，很可怕。」向春日咬了一大口冰，寒意直衝腦門，讓他不禁揉著太陽穴。

「我們之間就你談過戀愛，快說，初吻是什麼感覺？」我推著他的手肘，涂晶晶也用湯匙戳著他另一隻手臂。

「晶晶，很髒欸！」向春日抱怨，終於還是拗不過我們兩個，他嘆了一口長達兩秒的氣，每當他這樣嘆氣，就是投降的時候了。

「沒什麼感覺啦，就肉碰在一起而已。」

「騙人！幹麼裝清純不分享啊！」我率先反駁，涂晶晶也點頭。

「是眞的啊！」向春日又嘆氣，伸出右手將大拇指與食指貼合在一起，用大拇指碰下嘴唇、食指碰上嘴唇，「就像這種感覺。」

我們照做一次，眉頭卻皺得更深，「根本沒有感覺啊。」

「所以我不是說了嗎？」向春日攤手。

「也許你根本沒有喜歡過那些女朋友。」涂晶晶轉著眼珠，意有所指。

「不喜歡就不會在一起了。」向春日不能同意，湯匙卻停在嘴邊遲遲不動，「可是，好像每次交往都草草結束。」

「是你甩人家嗎？」我再次含了口檸檬冰。

向春日搖了搖頭。

我無法相信，「你被甩？」

「怎麼可能。」涂晶晶大笑，向春日卻沒有表情，這讓我和涂晶晶面面相覷。

「都過去了啦，算了！」向春日咬著水果，擺明不想多談。

他討厭人家探他隱私，所以我也不多問，每個人都有自己的過去，沒必要什麼都向現在的朋友報告，也不會因爲向春日不講，他就不是我的朋友。

「爲什麼不講啊？」涂晶晶拉著他的手晃，「講啦，春日。」

「沒什麼好講的啊。」向春日看向涂晶晶拉著他的手。

「不過你一直被告白，都沒有喜歡的喔？」我默數著向春日被告白的次數，十根手指頭都不夠算。

「因爲……啊，算了啦，吃冰，喏。」向春日丟了一塊芒果到我碗中，另外也丟了一塊香蕉到涂晶晶碗裡，想堵我們的嘴。

「說一下都不行啊，小氣的男人會找不到女朋友的。」涂晶晶今天怎麼這麼八卦啊？

「我無所謂。」向春日回嘴，「妳們才要擔心，青春一下就過了。」

「青春才不會一下就過。」

「會，等妳一不注意，咻一下就過去了。」向春日雙拳伸到空中向兩側張開，「就像這樣，一下就過了。」

「才不會，青春是當下，而當下就是現在！」我說，然後挖了一大口他的超豪華冰到我嘴裡。

「妳幹麼啦，吃自己的檸檬冰啦！」向春日作勢也要挖我的冰，我趕緊雙手護住自己的冰品，兩個人打打鬧鬧。

涂晶晶咬著湯匙，猶豫一下後，伸手也要挖向春日的冰，向春日迅速將自己的冰往後拉。

「幹麼？」涂晶晶愣了愣。

向春日沒有表情地盯著涂晶晶的臉，「剩一點而已，我要自己吃。」然後露出笑容，搞笑地大口吃冰。

涂晶晶的湯匙停在空中，我將自己的碗推過去，「晶晶妳可以吃我的，檸檬冰很好吃喔！」

氣氛停滯那麼一秒，涂晶晶才將湯匙從向春日挖過的地方再挖一杓，「謝啦。」

我看了一眼安靜含著湯匙的涂晶晶，還有低頭吃冰的向春日，這兩個人今天是怎麼了？總覺得最近向春日對涂晶晶好像有點冷淡，是我太敏感嗎？

「你們男人會有初戀情結嗎？」我開啓一個新話題，丟給向春日，這樣他就一定要講話。

「初戀情結？」看來這個詞對向春日很陌生。

「就是如果交往的女生不是初戀，你們會覺得可惜或是很在意她的過去，相反的，如果對方是初戀，你們就會認為自己很特別，進而對待對方也會很特別。」涂晶晶解釋，但向春日的眉毛只是越皺越緊。

「這沒差吧，都什麼年代了，況且我自己都不是初戀，怎麼能要求女朋友沒有戀愛經驗？」

「眞男人啊！」我用力拍著他的肩膀，露出相當佩服的表情。

向春日瞇眼看我，搖頭嘆氣說：「妳啊，再不談戀愛，青春就要消逝嘍。」

「哼！才不需要你擔心，我有自己的步調。」幹麼又轉回這個話題！

我咬下一大口檸檬冰，夏天還是這個口味最消暑。

我們和涂晶晶在冰店前解散，和我同方向的向春日牽著腳踏車，慢步走在我旁邊。

「你對晶晶的態度怎麼怪怪的，你們吵架了？」這種事情，問他比問涂晶晶更能得到答案。

「沒有啊，我們三個都在一起，有沒有吵架妳怎麼會不知道？」向春日避重就輕。

「說不定你們有單獨相處的時候，然後吵架啦。」

「我不會單獨跟她在一起。」他抬頭，靜靜地望進我的眼底。

一陣風吹過，將他的頭髮吹亂，也打散了我的長髮，黏在我的臉上。

向春日伸出手，指尖從我的額頭劃過，把一縷散開的頭髮捋到我耳後，動作輕得與風融合在一起，但是被他碰觸過的地方，似乎有雞皮疙瘩冒了出來。

「爲什麼？」我聽到聲音是從我喉嚨發出，感覺卻很遠。

「沒爲什麼。」他依然怔怔地看著我，被那種眼神注視著，忽然間，我不知道該作何反應。

「反正、反正你們沒有吵架就是了。」我不自在地別開眼睛往前走，車輪轉動的聲音在後頭跟上。

「沒有。」他好像嘆了一口氣，「黎莌，下禮拜見了。」

我轉過頭，站在巷口的向春日，褐髮好像融在夕陽的餘暉中。

「嗯。」我的聲音卡在喉嚨間。

直到他轉進巷子後，我才有力氣往公車站牌走去。

向春日這傢伙平常很不正經，可是偶爾他會讓我有點不知所措。

也許就是他的行爲舉止太不正經了，所以每當向春日認眞起來，我才會不習慣吧。

公車站有一個我們學校的男學生坐在椅子上，他頭低低的，雙手交叉環在胸前，看樣子是睡著了。

我站在原地，考慮再三後還是走到椅子另一端坐下。

因爲木椅的震動，對方醒了過來，眼神迷濛地抬起頭看了我一眼。

我心中一驚，是常大爲！

下意識趕緊別開視線，我假裝專心看著前方來往的車輛，透過眼角餘光發現他又低下頭，似乎要繼續睡。

再一次偷偷側頭假裝撥弄頭髮，我順勢瞄了他一眼，他雙眼閉上，看起來睡得很沉。

我鬆一口氣，緊張的心跳瞬間變得緩和。他的睫毛好長，長得如果戴眼鏡一定會碰到鏡片，而且從側臉看過去，他的鼻子也很挺，皮膚以男生來講算是蒼白，頭髮順著他的頭型往下，瀏海微微遮住他的眼。

忽然手機鈴聲響起，劃破了這份我自以爲的寧靜，我整個人嚇得彈跳起來，常大爲緩緩張開眼睛，慢慢拿出他放在口袋的手機。

他有些疑惑地望著我，正巧公車來了，我趕緊招手，像是做了虧心事般逃離現場。

直到公車駛離學校有段距離後，我緊握的拳頭才終於鬆開，吐了一口好長的氣，我回過頭看，當然已經看不到常大爲的身影。

我頓時遺憾自己這麼快就上公車，如果我再多待一下，也許可以聽見他講電話的聲音，也許可以再多觀察他一些，也許我們會說上一兩句話。

好吧，也許明天再來談論這些也許。

「人生處處充滿驚喜，有時候看似是禍，卻是福」，今天我才眞正體會到這句話的意思。

早上睡過頭，匆忙出門追公車，上車過了幾站才發現坐錯車。我趕緊按下車鈴，又急急忙忙跑到馬路對面的站牌，內心焦急不已，看著從沒來過的公車站，一時慌張得不知道該如何是好。

然後我看見有人穿著我們學校的制服出現在街角，猶如看見救星般，立刻衝上去跟著，對方一定也是要去學校，跟著走應該就沒問題了！

放鬆心情後，腳步也變得輕鬆，於是我輕聲哼著歌，跟在那個男生的後頭。

經過第一個公車站牌，他繼續往前走，走到第二個公車站牌，他還是沒停下來，奇怪，這裡離學校很近嗎？他爲什麼都不等公車呢？

越走我越疑惑不安，再怎麼遲鈍如我都知道，這根本和學校是反方向。我應該要停下腳步，看是要搭計程車還是找公車站牌，可是這附近我完全不熟，而且錢包裡只有五十塊，連計程車起跳的車資都付不起。

結果最後我還是只能繼續跟著前面的人走。怎麼辦？會不會這樣一走，我就被綁架或是永遠迷路了？嗚嗚嗚，以後不要隨便跟在陌生人後面了。

就在我胡思亂想的時候，卻發現前面那個男生不見了！

別鬧了啦！先是把我帶往學校的反方向，然後又突然消失，是要任由我自生自滅嗎？

我加快腳步往前跑，依然沒看見那個男生的背影，搞得我更心慌，在十字路口東張西望。

「幹麼跟蹤我？」忽然一個男生的聲音從後方傳來，那聲音就像風一樣飄渺，我轉過身，卻望進一雙更加悠遠的眼眸。

常大爲手環著胸，上身倚在牆邊，眼睛盯著我，視線卻像是沒對焦。

我一臉茫然，緊接著才會意過來，原來我剛剛是跟在他的後面。

「我、我才沒有！我是因爲迷路……所以才想跟著同校的學生走。」我慌張解釋，雙手不斷揮舞，「我不是什麼跟蹤狂！」

他嘴角勾起一個像是微笑的弧度，卻沒有笑意，眼神在我臉上打轉幾圈後，轉頭就走。

現在可不是站在原地發呆的時候，我急忙跟上去，「喂喂，常大爲，學校在哪個方向？我不能遲到啊。」

他頓了下腳步，回頭像是看白痴般盯著我，那眼神超瞧不起我，卻帶著一些疑惑，接著他的眼神移到我的襯衫上，我忽然明白他那疑惑爲何而來。

「因爲你是全校第一名，又是難得的轉學生，所以知道你的名字是很正常的事。」我說，間接再次強調自己不是跟蹤狂，我跟那些聚在走廊偷看他的女學生才不一樣呢！

他沒說話，繼續掉頭往前走。

這個人怎麼這樣啦！我跟上去拉住他的袖子，「喂，常大爲，你要蹺課是你的事，能不能先告訴我學校在哪裡，遲到會影響班級成績，我不能當害群之馬啦！」

他冷眼看我，甩開我的手繼續往前走。

這個人是聽不懂人話喔！「你告訴我學校在哪裡就好了嘛！」

結果他走他的，我走我的，只是我依然走在他身後。

沒辦法啊！我不認得路，唯一認得的就是他。看著手錶已經快接近打鐘時間，我絕望地嘆氣。

常大爲一直往前走，還時不時回頭看我。周遭的建築物開始變得零星，他走上一旁的樓梯，我也跟上去，他好像是在用眼神警告我，要我別跟著他，又好像是要我走快一些，趕緊跟上他。到底是怎樣？你不說清楚我怎麼會知道？

爬過一旁高牆上的樓梯後，裡面是腳踏車步道與河堤。常大爲突然往堤防下走去，我也趕忙跟上，斜坡因爲有草皮緩衝，不會太陡，但因爲河邊的風勢頗大，我的裙子被吹起來好幾次。

「喂，常大爲！等等我！」我大喊，看著他往天橋下走去。

等我跑到那裡時，常大爲已不見人影了。

「咦？常大為人呢？」在光照不進橋下的陰影中，與外頭的光明世界像是兩個空間，一陣沒來由的慌張爬上心頭，「我連回去的路都不知道啊！別丟下我！」

我在橋下狂奔，就是沒看見他的身影，在這一望無際的地方，他怎麼可能憑空消失？唯一的可能就是，他故意要甩掉我！

我衝出橋下，沿著河堤奔跑，一邊不斷喊他的名字，路旁運動的阿伯看著我笑，蹺課的學生們也看著我笑，連流浪狗都對著我吠。

穿著明星高中的制服卻如此狼狽地在河堤奔跑吶喊，而且一臉哭樣，不只丟自己的臉，也丟學校的臉。可惡！那個常大為！我發誓一定和他勢不兩立！

「喂！」也許他在躲一旁看著良心也不安，又或許是因為我真的哭了出來，不管怎樣，他總算出現了。

「你太過分了！為什麼丟下我！」一見到他我便破口大罵，鼻涕和淚水全和在一起。

「我不認識妳。」

我瞪大眼睛，「我知道你不認識我，但你跟我講一下學校在哪裡會怎樣！」

他沒有說話，雙手自然地垂在身體兩側，髮絲隨風飄動。

「你的粉絲如果知道你是這種人，一定會大失所望！」我擤了鼻涕，將衛生紙團丟在書包內。

聞言，他只是一副無所謂的模樣。

「喂，告訴我學校在哪個方向。」

只見常大為又一次用那種看待白痴的眼神看向我。

「幹麼?」我不甘示弱地回嘴。

他悠悠地舉起手指向河堤對面，好幾棟紅磚的矮建築物就在那頭。

「啊!學校!」我大叫，學校居然就在對面!

我聽見身背傳來一陣細碎的聲響，瞥眼看去，只見常大為低著頭，手插在口袋裡，嘴角勾著一抹笑意。

我突然明白，為什麼一直覺得他穿我們學校的制服很可笑，因為白襯衫和卡其長褲，該搭配的是充滿活力的笑容與表情，就像向春日那樣。

但常大為一直以來都像是顏面神經痲痺般，一舉一動都輕飄飄的，甚至吝於開口，看起來有些陰沉。

不過，現在我卻覺得浮現笑容的常大為，哪怕只是一點點笑意，都將他整個人襯托得更好看。

「喂，常大為，你為什麼要蹺課?」

他搖頭，伸手往橋的方向一指，那是剛剛我追丟他的那座橋。

橋從河的這端連接到那端，跨過河，就能抵達學校，但這樣……

「你這樣是繞遠路吧，在一開始的站牌那裡搭公車不是比較近嗎?」

常大為只是聳聳肩，逕自往橋的方向走去。

我跟在他後頭，看著他的影子在我腳下晃動，我踩著他的影子前進。

「喂，常大為，我在你隔壁班，我叫……」

「黎莬。」他接話，而我瞪大眼睛。

「對！你好厲害，知道那個字念『陳』，第一次見面的人都會念成『沈』耶！」他竟然能念對我的名字，眞是太讓我驚訝了。

制服上都繡有學號及姓名，他知道我的名字並不讓人意外，而常大爲的制服還沒來得及繡上姓名，所以他剛剛才會訝異我爲什麼知道他的名字。

他沒再接話，而我的心情卻意外地好，我哼著歌，蹦蹦跳跳地跟在他後面。

昨天才對常大爲的聲音感到好奇，今天就聽見他的聲音。

很普通啊，普通順耳而已。

當我們走到橋上，我看著學校的倒影映在河面上，爲什麼剛剛我明明就在河岸邊奔跑，卻沒看見這麼明顯的建築，只顧著追逐眼前不見蹤影的常大爲？

是不是人只要眼前有了一個想追尋的目標時，就會忽視周遭的事物？

我看著常大爲的背影，忽然覺得他不再那麼飄渺虛無了。

第三章

我想要當向日葵，至少太陽知道我是向日葵。

「妳為什麼會跟轉學生一起遲到啊？」

事情已經過了兩天，涂晶晶還是喜歡搬出來問。

「就說了，我迷路遇到他，然後一起走來學校。」我完全沒說謊啊。

「他是不是既死魚眼，然後又陰沉？」向春日手指轉著籃球，挑眉笑著。

「他既不死魚眼也不陰沉。」我頓了頓，「不過有點奇怪倒是真的。」

「怎麼說？」涂晶晶好奇。

「就很奇怪啊，奇怪的人到底哪裡奇怪，我也不會講啦。」

向春日哈哈大笑，涂晶晶也跟著笑，我也笑了出來，然後眼神轉到走廊外頭，跟正巧經過的常大為對上眼，我的笑容尷尬地僵住。

常大為依然面無表情，緩步離開我的視線範圍。

「他應該沒聽到吧。」向春日聳聳肩，一點也不在乎。

「不！他一定聽到了！」天吶，被他聽見我說他奇怪，這真是太失禮了。

「管他的，又沒差。」涂晶晶看著我的指甲，「黎莌，妳想不想做水晶指甲啊？」

「不要，好貴，我沒有錢。」我癱在座位上。

「不是要妳去外面做啦，下學期不是有社團成果發表嗎？我們社團打算以超低價格幫人做指甲。」涂晶晶參加的社團理所當然是水晶藝術指甲彩繪社團，指導老師是從前畢業的學姊，現在經營指甲美容店。

不過矛盾的是，校規明明不允許學生做水晶指甲，但學校居然允許開設水晶藝術指甲彩繪社團，而社員們因爲學習因素，所以可以做水晶指甲。

「這不錯啊，可是留指甲很麻煩。」我的指甲全都修剪得剛剛好，短短圓圓，我記得高一時涂晶晶問過我是不是在學樂器，不然指甲怎麼會剪這麼短。

現在學校已經解除髮禁，服裝儀容檢查也不如以往嚴格，大多數女生都會留指甲，擦透明指甲油，或是在頭髮上做些變化。

然而我懶，指甲長了就剪，頭髮也清湯掛麵的，頂多綁個馬尾，反正只要看起來整齊乾淨就好，我懶得花太多時間在外表裝扮上。

涂晶晶說，我是她看過最像高中生的高中生了。

「不用刻意留長啦，我幫妳貼上假指甲就行了，再配上光療可以撐很久，一個月不是問題。」涂晶晶端詳起我的手指，「妳的指形很美，如果當我的手指麻豆，就完全免費，這樣如何？」

「聽起來不錯，我會考慮。」擺擺手，我懶洋洋地想著，不知道常大爲選了什麼社團。

「黎莌，妳迷路爲什麼不打電話來？我可以偷溜出去找妳。」向春日把籃球拋給我。

「那天就睡過頭趕著出門，忘記帶手機啦。」我接住球，再丟回去給他。

「蠢斃了妳。」向春日勾起微笑，他老是掛著這種自信的笑容，彷彿世界上沒有任何事情難得倒他。

這學期會舉辦球季大賽，所以各班最近在體育課時都爲了球季大賽而積極練習。男生有足球和籃球可以選擇，女生則有排球和羽毛球兩種，向春日選擇籃球，而我和涂晶晶選了羽毛球，因爲只要假裝今天風太大，就可以不用練習。

坐在一旁的階梯，我和涂晶晶看著向春日在球場上奔馳，他就像是奪目的太陽，可以牽引住所有人的視線。

「妳看，又在偷看了。」涂晶晶輕瞥後方的高年級教室，臉上掛著看好戲的笑容。

因爲三年級現在大多都是自習課，幾個愛慕向春日的學姊，都會留意我們班的課表，趁體育課或是專任課時，躲在定點偷看他的風采。

「哈哈，她們也夠死忠的，沒因半路殺出的常大爲轉移注意力。」我笑說。

「向春日就像會奔跑的太陽，一舉一動都能吸引大家的目光，而常大爲就像影子，長得不差，存在感卻相對薄弱。」

「妳這樣說不對吧，常大爲一來學校就造成轟動，妳忘了還差點組成粉絲後援會嗎？而且，他期中考成績全校第一，這樣還叫做影子啊？」我挑出她的語病，涂晶晶卻搖著手指，一臉我還太嫩的表情。

「常大爲這類型的男生的確會給女孩子帶來新鮮感，可是時間一久，大家的視線還是會自動回到太陽身上。」涂晶晶又指了指樓上的女孩們，「妳沒發現，最近已經沒什麼粉絲聚在B班走廊了嗎？」

經她這麼一說，的確期中考頒獎完後沒多久，常大爲的粉絲就減少許多，當然還是會有零星的女同學聚在走廊，但已不比一開始的盛況，可能眞的是新鮮感已經過了吧。

倒是向春日，粉絲一直維持一定的數量，嘖嘖，難怪看他老神在在，原來他自己也明白粉絲不會移情別戀。

「他的粉絲就像向日葵一樣。」涂晶晶淡淡地說。

我看了眼後頭的學姊們，「這形容很貼切，她們眼睛都盯著太陽看，的確是向日葵。」

「向日葵的花語是『我凝視你』，用向日葵來稱呼春日的粉絲們的確很適合。」涂晶晶手肘撐在膝蓋上，眼睛追隨著場上的向春日。「我最喜歡的花，就是向日葵。」

嗯，這瞬間我才暗罵自己的遲鈍。

「我們不一樣啊，我們是太陽的朋友，比較像是天空或是雲之類的角色，不是遠在地面上的向日葵。」我看著涂晶晶說，想抓回她的注意力，但她依然盯著場上的向春日。

「我喜歡當向日葵，至少太陽知道我是向日葵。」涂晶晶垂下睫毛，頭靠在膝蓋上，「當雲太寂寞了。」

「喂！妳們看到了嗎？」球場上的向春日忽然大叫，指著剛剛踩到球跌倒的同學哈哈大笑，所有人都笑成一團，我和涂晶晶也意思意思地扯了嘴角。

「晶晶，妳……喜歡向春日嗎？」我的語氣帶著不確定。

她認眞地盯著我的眼睛，「妳不喜歡嗎？」

「不是，我當然喜歡他，我也喜歡妳，但妳知道我問的不是那種喜歡。」我將身體轉向她，一字一句認眞地問，「妳喜歡向春日嗎？」

涂晶晶居然點頭承認了。

「晶晶，不要告白。」我握緊她的手，讓她感受到我的認眞，「我不要平衡被打破。」

「我知道。」涂晶晶微笑，也用力反握我的手。「妳也看見他對告白者的態度了，我不會告白的，我還想當他的朋友。」

這點我不可否認，一直以來，有許多女孩對向春日告白，每一次他都拒絕了，雖然我老是調侃他擁有高人氣，但在向春日那不可一世的表情底下，似乎有著更多的無奈。

我說那是奢侈的煩惱，向春日也沒反駁過，現在一想，不是只有被拒絕的人會傷心，拒絕別人的人也會難過啊。

只因爲自己的一句話，對方就在眼前掉淚，那滋味可不好受！但那也是沒辦法的事，所以讓對方哭就變成一種必然。

「妳們兩個在偷懶欸，到時候比賽輸了怎麼辦？」向春日全身是汗，一屁股坐在我旁邊，對我伸手，「水。」

「你爲什麼自己不準備？」我將自己喝過的礦泉水丟給他。

「妳有準備就好了。」他衝著我笑，而我卻尷尬地看著涂晶晶。

「晶晶也有準備。」我咕噥。

「喔。」向春日轉開瓶蓋，咕嚕喝了一半，又跑回球場上。

「雖然我不想打破平衡，」涂晶晶看著向春日遠去的背影，「但看樣子已經遲了。」

有些事情，不說懸在心上，但說開了，卻更往死胡同推。

半夜我從夢中驚醒，我做了一個討厭的夢。

可是我想不起細節，只記得最後涂晶晶滿臉怒容。

夢是潛意識的投射，在隱約之中，也許我還是害怕崩壞的平衡會發生不可預期之事。

在漆黑的臥房中轉著眼珠，忽然間我睡意全消，聽著時鐘秒針滴答的聲音……什麼時候涂晶晶喜歡上了向春日，而我卻不知道？

我回想起和向春日與涂晶晶認識的過程。

高一，向春日就已經染了一頭褐髮，不得不說，第一次見到他的時候，我的確看傻了眼，外加小鹿亂撞。

向春日很快成爲學校所有師生注目的焦點人物，老師盯上他是因爲那頭褐髮，而女生注意他也是因爲那頭褐髮，不良少年找他碴還是因爲那頭褐髮。然而向春日天生就有種討人喜歡的特質，他的褐髮不但沒有成爲麻煩，反而爲他聚集了許多朋友。

優異的成績、良好的出缺勤、認眞俐落的態度，讓他在短短一個學期內，成爲大家眼中的模範生，一個染著褐色頭髮的模範生。

躺在床上的我抿著嘴微笑，那是好久以前的事了，現在的我已經不會小鹿亂撞，同時也成爲最靠近向春日的女生朋友。

我從床上起身，摸黑來到書桌前，將檯燈打開，忽然襲來的強烈白光讓我眼睛無法睜開。適應光線後我拿出抽屜裡的相本，我一面回憶高一時光，一面翻閱照片，接著發現了一些以前我從未注意到的事。

一開始三個人合照都是向春日站在中間，不知道從什麼時候開始，變成我站在中間，而向春日和涂晶晶之間的距離也越拉越遠。

原來如此，也許涂晶晶從一開始就喜歡向春日，但她隱藏得夠好，直到最近向春日發現了，才有意無意地拉開和她的距離。

我想起涂晶晶說的，她想當向日葵，因爲至少太陽知道，她是向日葵。

心裡是向日葵，卻假裝是雲，那是很寂寞的……可是這樣不是很悲傷嗎？

大家都想要擁有太陽，而太陽不會爲了一朵向日葵停留。只有雲可以乘著風，要接近太陽或是遠離，都能依照自己的心意決定，不用跟向日葵一樣，只能待在遙遠的地面上抬頭殷殷盼望。

我的手指撫過照片上笑得燦爛的向春日，內心莫名有些抽痛，趕緊將相本闔上，跳回床上用被子矇住頭。

我不想當雲，也不是向日葵，更不是什麼藍天大海，這些東西都是爲了襯托太陽而存在，我就只是黎莐，是涂晶晶的好朋友，也是向春日的好朋友。

隔天，我又走到上次來過的河堤。

這次不是迷路，而是太早起床，又不想太早到學校，所以憑藉著上次的印象，我來到了這裡。

坐在草地上，我望著河面，腦袋繼續思考向春日這個人。

雖說是在思考，腦中卻不斷掠過向春日的臉，像是快轉的影片般，從高一播放到昨天。最後停格的畫面是向春日踩在單車上，對我說再見的笑臉，他身後是燦爛的夕陽。

我頓時瞪大眼睛，現在是怎樣，怎麼從昨天開始我腦中就全是向春日的臉？是因爲發現涂晶晶對他的感情嗎？

我敲敲頭，別再想了，準備起身往學校去，卻看見有片影子覆蓋在自己的腿上。

「常大爲？」

「迷路？」常大爲眼睛望著河面。

「不是，今天太早起來了。」沒想到他會主動跟我搭話。

「妳眞奇怪。」這幾個字像是含在他的嘴裡，語畢，他便轉身離開。

到底是誰比較奇怪啊！

不過我腦袋一轉……啊，他以爲我迷路了，所以才來跟我說話，想帶我走到學校？

我綻放微笑，從草地上爬起來，跟在常大爲後面，「喂，你爲什麼走這條路上學？」

他沒回話。

「這樣是繞遠路耶。」

他微微側過頭看著我，像是在說：妳不也一樣。

「我是因爲太早起來了。」

他撇過頭，聳聳肩。

我跑到他旁邊，與他並肩走著，「我之前在公車站牌見過你，搭公車不是比較快嗎？爲什麼要繞這麼遠？」

「……跟蹤狂。」

「誰跟蹤你啊！」我怪叫著，之後不管我說什麼，常大爲都像木頭娃娃一樣沒有反應，當他走進B班教室時，連聲再見也沒說。

「妳怎麼又跟死魚眼一起來了？」向春日坐在窗檯邊喝著牛奶。

「又正巧遇上了啊。」可能是胡思亂想太多，我現在有點不敢看向春日的臉。

「欸，他是怎樣的人？運動行不行啊？」向春日跳下窗檯，坐到我旁邊。

「我哪知道。」我假裝要打開窗戶，離開座位。

「我聽說這一次球季大賽B班很有自信。」他又跟了上來。

「B班一年級時輸我們欸。」我拉開窗戶，閃過向春日，再回到座位上。

「對啊，但昨晚我在外面的籃球場碰到B班的人，他們說這次有新主力加入，一定可以獲勝。」向春日歪著頭，坐到我前面的位子，手肘撐在我的桌上，眼睛盯著我，「新主力我怎麼想都覺得是死魚眼，對不對？」

「我、我哪知道！」我站起來，往教室後門走。

「黎莌，妳找機會問一下。」向春日在後頭喊。

我一路奔到女廁後鎖上門，莫名地喘著氣。

爲什麼剛剛會這麼緊張，只要向春日一靠近，我就渾身不對勁，感覺口乾舌燥。

爲了避免再度產生這怪異的情緒，我等到第一節上課鐘響後才從廁所出來，卻意外看見常大爲站在外面。

「唷。」因爲太過突然，我下意識地舉起一隻手跟他打招呼，並準備走回教室。

常大為卻叫住我，「真久。」

「哪、哪有人在女廁外面等人的！」我紅著臉大聲說，走廊上的學生們看過來，竊竊私語地低笑著。

他雙手環胸，臉色帶著一絲惱怒，雖然看起來還是讓人覺得面無表情。

「是你不對啦！」我將問題推到他身上。

看常大為轉身就要走，我忽然察覺到不對，這是他今天第二次找我搭話，雖然認識不深，但常大為應該不會沒事叫我。

「喂，常大為，怎麼了？」

他不理我，繼續往教室走。

我跟在他後面繼續問：「第一節課已經開始了，你真的沒事找我嗎？那我要進教室嘍。」

他在我們班的走廊前停下腳步，猶豫再三後轉過頭，「物理。」

「啊？」我歪頭，「你忘記帶課本？」

他沒反應，既然沒反應，那就肯定是了。

「你等我，我拿給你。」進教室後才發現，所有同學都張大眼睛看著我。

「妳跟常大為幾時變這麼好？」涂晶晶不可思議地問。

「黎菸，記得問他籃球的事！」經過向春日身邊時，他不忘提醒，我則感覺到一陣熱氣湧上。

「我第三節是物理課，記得還我。」我把課本遞給常大為，他的表情有些靦腆，彷彿想說什麼又不好意思說出口。

「不客氣啦。」我說。

常大爲盯著我看了好一會兒，便回到B班教室。

「問他沒？」向春日這猴子在我還沒回到座位前，已經跑過來拉著我問。越過他的肩膀，我看見涂晶晶的臉，也許是我心理作用，涂晶晶的表情瞬間跟昨晚的夢境重疊，我趕緊甩開向春日的手。

「晚點再幫你問啦！」

「幹麼？妳在生氣？」向春日不明所以。

「很熱，你手上都是汗！」我隨便用個藉口搪塞，以爲這樣就沒事。

「黎莌，妳的臉好紅。」向春日無意間的一句話，讓我的心怔了一下。

好在老師正巧走進教室，向春日才沒有接著說下去，不過他依然丟了張紙條過來，提醒我一定要探探敵情。

我原本想回紙條問他，這一次爲何如此反常地在意輸贏時，我卻收到涂晶晶有意無意的眼神訊息，她在意著向春日跟我說了些什麼。

見狀，我只是將向春日的紙條揉成一團，丟到抽屜裡面。

「妳幹麼不回我紙條？」向春日一手叉腰，另一手扣著籃球，腳踩三七步，一副興師問罪的模樣。

「你才幹麼，很怪欸，要我問常大爲『嘿，你籃球強嗎』，你覺得他會回我說『喔，很強啊』，這樣嗎？」我覺得常大為可能什麼也不會說，只會用那種看白痴的眼神看著我。

「也是啦。」向春日聳聳肩，拍打起籃球。

我們站在操場邊緣，一下課，向春日便拉著我的手說要去占場地，急急忙忙來到這裡，而我的眼睛只是盯著涂晶晶反應不過來的臉上，然後感到深深的罪惡感。

「喂，向春日。」我叉著腰，決定問清楚。

「嗯？」他運球上籃，轉了個圈又回到我面前。

「你為什麼和晶晶疏遠？」

他一點也不訝異我會問這個問題，眼睛看著籃球繼續手上的拍打動作。

「這樣我很尷尬。」

「妳尷尬什麼呢？」他抬頭，雙眼清澈得沒有雜質，卻別有深意。

「我……」

「春日——我們到了！」話被後頭趕來的同班男生們打斷，他們現在都利用下課時間練習籃球。

我皺眉，以往雖然他們也會練習，卻不曾如此積極，「練這麼勤是怎麼回事啊？」

「這次比賽可是有賭注的，非贏不可。」向春日衝著我笑，其他男生們也露出不懷好意的表情。

「你們的臉好討厭。」我搓搓手臂，這眼神真讓人不舒服。

「祈禱我們拿到冠軍，不然……哈哈哈！」男生們笑鬧著往球場上跑去，我趕緊拉過向春日，剛剛的話還沒說完。

原本向春日似乎想打哈哈略過這個話題，但我抓緊他肩膀上的衣服，他的笑容停頓了一下，凝望著我。

「唉，眞服了妳。」他抓了抓後腦，垂下眼睛看著我，「妳明明知道原因。」

「就只因爲那樣？所以……所以避開晶晶？」

「對我來說，可不是『就只因爲那樣』。」向春日將籃球丟往同伴那兒。

「晶晶又沒有告白，你假裝不知道不就好了！」假裝我們之間一點都沒變，繼續沒有感情牽扯的三人行啊！

「黎莯，我已經假裝很久了，最近她的態度早就超越我可以忽視的程度。」向春日抬頭看著我，那眼神好無奈，而我連反駁他的話都說不出來。

一陣狂風吹過，捲起了操場上的沙，所有人伸手擋風，捂住眼睛，而我的頭髮也隨風亂飄，向春日輕笑一聲，他的褐色頭髮成了當天最耀眼的色彩。

「好像墨汁打翻一樣。」向春日柔聲道。

「什麼？」我將頭髮全數往左肩繞去。

「妳的頭髮。」他笑著將我臉上的髮絲拉開。

風逐漸停息。

「春日！打球啦！」場上的同學叫喊著，向春日對我瞇眼微笑後，轉身跑向球場。

我摸上剛剛向春日指尖滑過的臉頰，此時風已全然停止，但我心中有另一陣狂風才剛剛開始吹起。

向春日知道涂晶晶喜歡他，所以才選擇避開。

我不懂爲什麼一向直接的向春日，會選擇以這種方式來逃避涂晶晶的愛慕。是因爲我們三人是一個小團體，向春日想要保持平衡？還是說向春日對涂晶晶沒有任何想法，又或是向春日有喜歡的對象了？

第二堂課結束時，我趴在走廊邊的欄杆嘆氣，這時一雙大手覆蓋上我的頭頂。

「唉聲嘆氣什麼？」向春日問。

「沒什麼。」我稍微往後退一小步，順勢掙脫他的手，教室裡頭的涂晶晶正翻著自己的記事本，表情卻很不自然。

「妳不要太鑽牛角尖了，順其自然吧。」居然是他這個當事人在安慰我，我對他扯了一個難看的微笑，「妳那什麼表情？」

「你才別鑽牛角尖。」他在意太多了，涂晶晶沒告白就繼續裝傻，這樣拉開距離，反而弄得大家都尷尬。

「妳不懂啦。」向春日搖頭，朝教室裡看了一眼，「我是要讓晶晶趁早死心，如果對她保持跟以前一樣的態度，她會認爲自己有希望。」

「所以你覺得，她跟你告白會比較好？」

「如果晶晶只是同班同學，告白被打槍再當回同學當然是最佳選擇，可是今天對方是涂晶晶，我最要好的朋友之一，告白、打槍以後，妳覺得回到過去的機率是多少？」

「嗯……」

「所以啦，現在對她冷淡，直到她自動放棄後，自然對待我的態度就會一如從前，除此之外，我想不出其他方法讓有些搖擺的關係可以重新恢復平衡。」

聽到向春日的想法，我有些訝異，「那我該怎麼辦？」

「什麼怎麼辦？」

「我知道晶晶的感情，也知道你的想法，我該告訴晶晶嗎？還是假裝不知道？」這種夾心餅乾的滋味眞不好受。

「妳啊，做妳自己就行了。」向春日輕笑幾聲，眼神越過我的肩膀，看向後方。

我跟著他的視線轉頭，看見常大爲望著別的地方，手裡拿著物理課本。

「啊，常大爲，你要還我課本嗎？」

他沒有應聲，將課本遞到我眼前。

「喔，謝啦。」好像不太對，爲什麼是借課本給他的我要道謝啊？

常大爲轉身就想走，向春日卻推了我肩膀一下，擠眉弄眼的，我瞬間會意過來。

「喂，常大爲。」

他停下腳步，沒有表情地轉過頭來。

我偷瞄了向春日一眼，他無聲地要我快問後，便回到教室裡頭。

「你會參加球季大賽嗎？」我開門見山地切入主題。

常大爲點頭，我接著問：「你是選籃球嗎？」

他又點頭，那八九不離十，B班說的新主力軍就是他。

「你知道這一次比賽有打賭嗎？」他狐疑地挑眉，我繼續說：「聽我們班的人說，比賽有打賭，所以非贏不可，你不知道嗎？」

常大爲聳聳肩，他眞的很不愛講話。

「那你們開始練習了嗎？」原本我是想問「那你很強嗎」，但這句話聽起來怪怪的，所以作罷。

「放學。」

你終於肯說話了是吧，「那我知道了，謝啦。」奇怪，我幹麼又道謝。

他微微頷首，轉身要回教室卻又突然轉過來，一臉欲言又止。

「怎麼了？」

「課本……」

「你還有其他課本忘記帶喔？」看來常大爲也挺迷糊的。

不過他卻搖頭，「忘記妳的。」

啥？他在講什麼？

可能我的表情太過痴呆，常大爲的臉部表情有些抽動，手指了指我的物理課本。

我拿起來翻了幾頁，才明白他的意思。

課本裡頭有著密密麻麻的筆記，常大爲一定是個很專心上課的人，他忘記課本是我的，所以寫上了老師的筆記。

「哇，你好用功，這樣也好，我就省得做筆記了。」他的字跡就跟他的外表一樣，清晰端正。「老實說啊，我根本聽不懂老師在講什麼，你的筆記幫了我大忙。」畢竟常大爲是全校第一名啊！

「嗯。」

「謝啦！」我翻閱著筆記，寫了很多，卻不是照抄，是經過整理後以自己理解的方式寫下的重點。

「第三次。」

「什麼第三次？」

常大爲扯了嘴角，往教室裡走去。

他這個人眞的是省話一哥呢，跟他講話需要翻譯官。

寫滿筆記的課本會給人一種書都念完了的錯覺，我開心地回到座位上，翻開常大爲寫滿筆記那幾頁，連問題與討論答案都有了，我竊笑著。

「問了沒？他說什麼？」向春日坐到我前面的位子上。

「新主力軍應該就是他了，他們班放學會練習。」

「今天放學啊，這樣剛好，喂，你們聽我說！」向春日走到講台上向男生們公布這個消息，討論放學後要怎麼偷窺B班練習或是打場友誼賽。

「放學後妳會留下來看嗎？」涂晶晶靠過來，我的心臟沒來由漏跳了一拍，不知道自己在心虛什麼。

「不會吧。」

「春日沒叫妳留下來等他？」

「等他幹麼？」涂晶晶這句話問得好怪。

「沒事。」涂晶晶回到她的座位上，繼續看著自己的書。

「喂，黎莐，放學後留下來看我們打球吧！」向春日在台上對我揮手，我的第一個反應居然是轉頭看著涂晶晶，她用一種「妳看吧」的眼神看我，讓人亂不自在的。

「不了，我家有事，你們加油。」我下意識地拒絕。

向春日呿了聲，並沒有問涂晶晶，而是繼續和其他人討論籃球的進攻方式。

「妳不用在意我。」涂晶晶對我說。

「我沒有。」說謊了，我怎麼可能不在意。

涂晶晶苦笑著。看妳這樣，我怎麼可能不去在意？

「春日有跟妳說什麼嗎？」

不管說實話還是說謊話，對我來說都不好受，明明該是他們兩個自己解決的事情，我不該干涉，也不該傳話，所以我選擇沉默。

「黎莐，妳有喜歡的人嗎？」

「沒有。」

「那妳覺得，春日有喜歡的人嗎？」涂晶晶圓潤的雙眼認真地盯著我看，其中似乎還夾帶著一點試探。

「我不知道。」這是真的，我沒說謊，我不自覺地看向講台上的他，向春日也正好看著我，一對上眼，他露出一個一如往常的笑容，而我的心臟卻抽痛了一下。

「我覺得他有。」涂晶晶淡淡的聲音從我背後響起。

第四章

我有一種，把難教的寵物馴服的感覺。

那種感覺，非常好！

在校門口徘徊十分鐘後，還可以聽見學校球場上傳來的運球聲、球鞋摩擦地面的聲響，以及向春日的吆喝。

搖搖頭，我還是過了斑馬線，到對面的公車站牌。

已經說了有事情，如果我現在回去看向春日他們打球，這樣就太奇怪了。

不，也許是自我意識過剩，否則爲什麼我會覺得奇怪？

在公車站牌來回踱步幾分鐘後，我嘆口氣，坐上椅子，決定回家。

腦中一直想著涂晶晶說的話——向春日有喜歡的人。

會是誰呢？雖然向春日總不乏有告白者，卻很少看見他跟女生單獨相處。他的外表和言行會給人好像他很花心的錯覺，事實上他很有紳士風度，從來不會吃喜歡自己的女生的豆腐。

手肘撐在膝蓋上，我托腮思考著，向春日每一次被告白，總是會苦著一張臉回來。他似乎問過我，那些女孩連「向春日」實際上是怎樣的人都不清楚，沒說過話也沒相處過，爲什麼就可以喜歡上他呢？

那時候我只是笑著打他的頭，要他別得了便宜還賣乖，煩惱如此奢侈的問題。

向春日最後也聳聳肩，從此我們再也沒討論過這種話題。

可是涂晶晶和他相處過，然後依然喜歡他，那麼向春日爲什麼也不願試試呢？

討厭！爲什麼感情要瞎攪和進來？好好維持三人團體不是很好嗎？

我用力搖頭，視線裡突然出現一截卡其色褲管，我抬頭一看，居然是常大爲。

「你怎麼沒去打球？」我訝異地站起來。

「回家。」他看起來一副想睡覺的模樣，是家裡有事還是嫌練球麻煩才要回家？有時候他的回答跟沒回答一樣。

「你不是跟我說放學要練球嗎？」

他點頭，指了學校的方向。

「但你不用練習？」

他搖頭。我想向春日一定很失望，虧他們很期待放學後可以探探新主力軍的實力，沒想到常大爲居然沒參加練習。

「該不會你們班想把你藏起來，等比賽當天再揭曉你有多厲害吧？」我隨便亂猜，但常大爲卻沒否認。

「眞是陰險！」明天我要跟向春日說這件事情，「你們班似乎對比賽勢在必得？我先說喔，我們班籃球可是很強的！」

「嗯。」常大爲露出一個很天眞的微笑，我忽然嚇了一跳。

「你也會笑的嘛！」像是發現新大陸一樣，我站起來走向他，常大爲往後退一步，耳根泛紅地瞪著我。

「喂，常大為，你應該多笑才對，這樣女孩子才會喜歡喔！」經我這麼一說，他的臉變得更紅了。我想，常大為不是愛裝酷，而是他就是這樣的人，沉默寡言，然後很容易害羞。

「不用。」常大為又用兩個字回答我，我笑個不停。

他只是不善言詞，不懂表達，並不是故意不搭理人，就好像那天我迷路時，雖然他沒回答我學校在哪裡，他卻一路領著我往學校走去。

「喂，常大為，我可以問了吧？」我掛著賊賊的笑容歪頭看他。

他看著我，明亮的黑眼珠裡頭有我的倒影。

「為什麼你要繞遠路上學？又為什麼我老是會在放學很久以後在公車站牌遇到你？」

他好一陣子沒有出聲，直到我要搭的公車靠站後，我對他揮手說再見，他才突然說：「因為女生。」

我先是一愣，忽然明白過來，原來他在躲粉絲，想到那天他還以為我是跟蹤狂，可見他的確被跟蹤過。

哎呀，戀愛中的女人雖然堅強，可是一個不小心，就會造成心上人的困擾，那種戀愛真是麻煩呢。

「我明白了，明天見。」在公車上我對他用力揮手，他一貫面無表情。

走到最後面的位子，我在窗邊再一次向他揮手，在公車啓動之際，我看見常大為露出一個超級純真的笑容並且也對我揮著手，讓我差一點就要把整張臉貼到玻璃上，想看個仔細。

我有一種，把難教的寵物馴服的感覺。

而那種感覺，非常好！

一直到球季大賽前，常大爲都不曾在公開場合打過籃球，我把B班的陰謀告訴向春日，他卻相當不屑。

「我看死魚眼根本就不會打籃球，是B班故弄玄虛吧！」向春日在好幾次偷襲B班練習未果後，憤憤地下了這個結論。

「你覺得B班會這麼耍心機嗎？不過是學校裡的小比賽，不至於吧！」我托著腮，涂晶晶正在幫我紮辮子。

「那妳可就錯了，我們這次比賽是有賭注的！」向春日搖搖手指。

「你們賭了什麼？又是跟誰賭的？」常大爲根本不知道有賭注這件事情呢！

「跟全二年級參加籃球比賽的男生，這賭注我們非贏不可啊！」向春日摩拳擦掌，一旁的男生們也紛紛附議。

「賭什麼？」涂晶晶將我的頭髮紮成雙馬尾。

「這還不能說，總之，我們不能輸。」向春日回答時並沒有看著涂晶晶，說完拿起籃球又往外頭跑去。

涂晶晶坐到剛剛向春日的位子，拉過我的手指仔細端詳，「我正在想要怎麼彩繪妳的指甲，考慮要用大海或是陽光的感覺。」

「距離社團成果發表還久呢。」

「但如果不找點事情做，我就無法停止胡思亂想。」

不知道要怎麼回答，向春日叫我做自己就好，然而我明明知道這兩人各自的想法，卻什麼也不能做，無能為力的感覺讓我好累。

「妳之前說向春日有喜歡的人，妳知道是誰嗎？」

握住我的手抽動了一下，涂晶晶凝視著我好一會兒，最後扯了扯嘴角，「只要不是我，是誰都不重要。」

「妳之前說希望太陽知道雲是向日葵，但是雲有考慮過，太陽知道以後的反應嗎？」

「考慮過，雲還是想讓太陽知道，因為一直假裝，很累。」涂晶晶咬著下唇，看得我好不捨。

「但是……」

「好了啦，雲就乖乖當雲，向日葵就乖乖當向日葵，而太陽就繼續當他的太陽，這樣就好了。」涂晶晶打斷我，「我想了想，別告白就這樣放棄是最好的選擇。」

「妳真的這樣想？」

「有這麼驚訝嗎？」她輕笑著，「明知道會被拒絕，我為什麼還要去告白？」

我沒回話，因為這的確是最好的方法。

「我只是想讓春日知道我的心意，讓他不要再用朋友的眼光看我，這算是下一個暗示吧，讓他知道我喜歡他，也許一開始他會避開我，但我一定會在他心中留下一點影子，久而久之，也許他就會用另一種眼光看我。」

我有些目瞪口呆，我原想，幹麼不當雲好好待在太陽身邊，非要到遙遠的地面當凝望太陽的向日葵？可是我錯了，涂晶晶才不笨，她假裝雲待在太陽身邊，最後再讓太陽知道自己是向日葵。

一片雲中，只有一朵雲是向日葵，所以太陽更容易注意到她。

涂晶晶原來打的是這個主意，不可否認，向春日的確是注意到她，也顧及到她了！

「春日有喜歡的人沒關係，我只要一點點地、慢慢地占據他的心就好。」涂晶晶撥了下頭髮，看著球場上的向春日。

而我的心裡，有那麼一點點的，不是滋味。

今天放學，我依然沒留下來看向春日他們練習籃球，反倒涂晶晶有去。

我踢著路面上的碎石，在公車站牌下喃喃自語。

「我眞是白擔心了一場，晶晶根本就計算得好好的，我看向春日也沒想到是這樣吧，說不定他眞的會慢慢掉入陷阱，開始在意起涂晶晶了！」

我愣了愣，如果他們兩個眞的在一起，那我們的三人團體不就變成他們的兩人世界了嗎？

「眞討厭啊！」

「什麼？」

我被旁邊突然竄出的聲音嚇到，又是常大爲這神出鬼沒的傢伙！

「你出現都不會先打聲招呼的嗎？」

他聳聳肩，坐到我旁邊，我看著他的側臉，「喂，常大爲，你瀏海太長了吧，這樣你看得到路嗎？」

他伸手拉了拉自己的瀏海，長度已經可以蓋住眼睛。

「你這樣打籃球的時候，頭髮會刺到眼睛吧。」光想像就覺得不舒服。

「喔。」我想常大爲是聽懂了，雖然他只回答一個字。

接下來我們都沒有說話，應該是說我沒有說話，因爲常大爲本來就很少開口。

明明已經出了校門，我卻好像可以聽見從球場上傳來的種種聲響。

閉上眼睛，彷彿向春日運球的模樣就在眼前，在陽光之中，他的褐髮隨風飄揚，整個人就像太陽一樣奪取眾人的目光。啊啊，我懂，我明白向春日爲什麼會那麼受歡迎，我也理解涂晶晶喜歡上向春日的心情。

因爲太過耀眼的太陽，無法不吸引所有人的目光。

「幹麼？」

常大爲突然的問題讓我愣了下，什麼幹麼？我剛剛又沒說話。

兩人大眼瞪小眼一會兒，我才想到，他的意思是問我在煩惱什麼，應該是這樣吧。

「沒什麼啦，友情跟愛情混在一起的煩惱而已。」所以我這樣回答，看著常大爲一貫沒有表情的模樣，我想我回答對了。

「常大爲，你交過女朋友嗎？」

他看起來並不想回答這個問題，我告訴他，我不是八卦，只是有些事情想聽聽別人的意見，所以他思索了一下，然後對我搖搖頭。

「什麼！怎麼可能，你居然沒交過女朋友！」先是大大訝異，然後轉念一想，他個性這麼悶騷，就算外表再怎麼受到女生歡迎，最後也會不了了之吧。

我沒有說出涂晶晶和向春日的名字，只分別說了他們兩人各自的想法，而我夾在中間，面對三人的尷尬氣氛，不知該怎麼做才好。

一口氣說完精簡版的事件經過後，我等候常大爲發表意見，他卻皺著眉，好像我剛剛問的是爲什麼頭髮沒有神經這種蠢問題。

「我很認眞想解決這件事！」

「但不關妳的事。」哇，我眞的要鼓掌一下，這是我聽常大爲講過最長的句子。

「他們都是我的好朋友，怎麼會不關我的事？」

「感情是他們兩個，妳是旁觀。」再一次鼓掌，這比剛剛那一句還要長。

「你是要我假裝什麼都不知道？但我明明知道，還要我裝傻實在太困難了，而且我既然知道，那我就要找出不讓人受傷的辦法。」

常大爲看著我的眼神充滿困惑，「不受傷，就沒有付出眞心了。」

「那至少有減低傷害的方法吧。」

「沒有，付出得不到回報時，就會傷心。」

今天的常大爲眞是健談，「但爲什麼感情就一定要付出以後有所獲得，才不會受傷？人家不都說，只要喜歡的人幸福，就是最大的快樂嗎？那爲什麼我們會因爲對方不喜歡自己，或是喜歡上別人而心痛？」

「因爲人是貪心的動物。」常大爲幽幽地望著我，嘴角掛著一抹笑。

「喂，常大爲，你笑起來很好看啊，如果你平常都跟現在一樣多話，一定會更受歡迎。」

話一說完，常大爲立刻收起笑容。我以爲他生氣了，卻發現他耳根泛紅，我驚訝地張大嘴，「常大爲，你在害羞啊！」

「沒有。」他撇過頭，我像是發現新大陸一樣驚呼著。

「喂，常大爲，你居然會害羞，耳朵都紅了呢！是因爲我說你笑起來好看嗎？」我越說，常大爲就越不理我，可是耳朵卻越來越紅，我哈哈笑著。

「反正，別管。」他猛然站起身，走到前面招了公車，在上車前對我丟下了這句話。

「明天見。」我對他擺擺手，他停下腳步，轉過頭也對我揮手，臉上又揚起那帶點天眞的微笑，他眞的是個滿妙的人。

目送他的公車駛離視線後，我的眼神又轉回到校門口，正巧看見一群學生走出來，遠遠的，向春日那奪目的褐髮在夕陽餘暉中閃耀。他看見我，在馬路對面跟我揮手，我扯出一個相當勉強的笑容。

涂晶晶從後面追上，遞給向春日一罐礦泉水，他們不知道說了些什麼，涂晶晶在轉身回宿舍之際，也對我微笑揮手道別。

「黎莯，我們——一定——會贏的！」向春日踩在單車上，朝著我大聲喊著。

在車水馬龍間，看著他閃閃發亮的頭髮，聽著他喊我名字的聲音，那瞬間，我竟有些想哭。

對於涂晶晶喜歡向春日的事，向春日要我做自己就好，而常大爲則叫我別管。

那我自己究竟想怎麼做呢？

怎麼我就沒有問過自己啊？

我們三人依然會聚在一起聊天打屁，但向春日不會和涂晶晶單獨相處，很多時候也不會和她正眼相對。

就這樣球季大賽來到，我和涂晶晶報名參加的羽球比賽，在第一場就被刷下來。向春日得知消息後又好氣又好笑，畢竟我們從來沒練習過，但團體賽出師不利的就只有我們這組。

不過最受矚目的當然就是男生們的籃球比賽了。

我們班一路過關斬將，過程順利得簡直可以用「輕鬆」兩個字來形容，班上男生們鬥志高昂，對最後的勝利簡直勢在必得。

最後一場冠亞軍賽，更是全二年級熱切關注的焦點，體育館四面坐滿了學生，也有一、三年級的人來觀賽，當然有很大的因素是衝著向春日而來。

「聽說死魚眼還沒上場過。」因爲熱身而滿頭大汗的向春日，正用籃球隊服的衣領擦拭鼻尖上的汗珠。

「B班雖然去年輸給我們，但也是亞軍啊。」我拿出手帕，擦去他額頭上的汗水。

「今年還是會輸給我們。」向春日自負地笑了，他突然握住我正在幫他擦汗的手腕，

「我們一定會贏。」

被抓著的手腕因為向春日體溫過高的關係而有些發熱，我瞬間竟不知該做何反應。

「水。」涂晶晶將礦泉水壓在向春日胸前，我趕緊抽開手。

「謝啦。」向春日扭開瓶蓋，一口氣喝掉大半，然後將礦泉水丟給我，「幫我保管吧。」

「這……」這是晶晶給你的欸，你要我保管？

這些話我卡在喉嚨中，說不出口，一轉眼向春日已經跑回球場上，涂晶晶拍了拍我的肩膀，指著旁邊預留給比賽班級的位子，示意我去那裡坐著觀賽。

「妳知道男生們到底打賭些什麼嗎？」只要能讓涂晶晶將眼神從礦泉水上移開，什麼話題都好。

「我當然不知道，他們神祕兮兮的。」

我看見B班從另一邊進來，常大為穿著隊服，站在隊伍中顯得有些突兀。

「咦！」

「怎麼了？」涂晶晶順著我眼神的方向看過去。

「常大為剪頭髮了！」

「有嗎？」

「有，他剪瀏海了！」因為他的兩隻眼睛完全沒被頭髮蓋住。

涂晶晶瞇眼細看，最後只是兩手一攤，「妳也觀察得太仔細了吧。」

我想起前幾天，我隨口向常大為提了瀏海太長的事情，沒想到他居然去剪了，我的嘴角浮現微笑，那種馴服寵物的良好感覺又來了。

「妳在傻笑什麼？」涂晶晶順著我的眼神看向常大爲，「妳不會是對常大爲有興趣吧？」

「什麼啊，才不是那樣，我只是覺得他這個人很有趣。」

涂晶晶猛然架住我的脖子，「越解釋越可疑，從實招來，妳是不是喜歡常大爲！」

「哎唷！沒有啦，妳快放開啦！」我大聲喊叫，「涂晶晶妳的指甲戳到我的皮膚了，好痛喔！」

「快，坦白從寬、抗拒從嚴，快招！」涂晶晶的手轉移位置，在我腰間來回搔癢，我忍不住爆笑出聲，結果因爲閃躲的動作太大，害我從椅子上摔下來，發出很大的聲響，引來大家的注意。

「啊！」涂晶晶立刻收手，坐正身體，一副若無其事的樣子。

「可惡，快扶我起來啊！」

瞬間球場上的人還有一樓的學生都轉頭朝我的方向看過來，我乾咳幾聲，假裝沒這回事，自己爬起來後拍拍運動褲，然後端正坐好。

「黎莌，妳在幹麼？哈哈哈哈哈！」向春日捧著肚子大笑，那誇張的模樣讓我很想揍他，而且幹麼還喊出我的名字，這下連樓上的學生都注意到了。

然後遠遠的，我看見常大爲努力抿住嘴角急欲揚起的弧度，頓時明白了他正在憋笑。

好吧，能讓面無表情的常大爲憋笑成那樣，我也算滿有成就感。

「C班！加油！」我大喊出聲，全班受我的熱情影響，也跟著喊著，士氣大振。

場上的向日葵們高聲尖叫向春日這顆太陽的名字，仔細聽的話，還有一些些爲常大爲加油的吶喊聲。

雖然常大爲長相不差，成績也非常好，但就是太安靜木訥了，高中女孩熱情來得快去得也快，注意力再次回到閃耀如太陽的向春日身上，只剩零星一些粉絲堅持認爲常大爲是世間少有的硬派帥哥。

向春日朝四面八方揮手，儼然一副首席男公關的姿態，跟他拒絕女生告白時的冰冷態度判若兩人。

相反的，常大爲對於聽到自己名字的吶喊聲，似乎感到相當困擾，這點很明顯地表現在他的臉上。

裁判站在賽場中間吹哨，B、C兩班的隊員也跟著到中間集合，彼此面對面做賽前招呼。常大爲穿著背號七號的球衣站在前方，我看見同爲七號的向春日眼神上下打量了一下常大爲，而我們班男生也死盯著這位「新主力軍」。

B班的人看起來個個胸有成竹，兩隊人馬敬禮完後，負責跳球的向春日及B班球員站到場中央去。哨聲一起，裁判將球往上一扔，兩個男孩用力跳起。

向春日的褐髮在空中飛揚時，時間像是暫停了似的，他所有的動作在我腦袋中像是連拍一樣格格停頓，看得格外清楚。我看著搶到球的男生往籃框跑去，常大爲緊追在後，他就連跑步都帶著一種飄忽感。

球傳到了向春日手中，常大爲像是瞬間移動般地擋在他眼前，向春日的臉上閃過一絲訝異，剛剛常大爲明明站在很遠的地方。

向春日從右邊想越過他，常大爲卻以更快的速度擋住，幾次閃躲不成，眼看就快要持球二十四秒，向春日皺緊眉頭。

「向春日！加油啊！」看得我都緊張了，不禁大喊出聲。

向春日微微一愣，嘴角勾起笑容，往常大為的左邊切過去，平常看起來慢郎中的常大為，在球場上身手卻俐落得很，立刻伸手往向春日的方向擋。

然而向春日的速度更快，立即轉身朝右方切入投籃。

「哇！哇！向春日！」場內響起眾多歡呼聲，其中也包含我和涂晶晶的聲音。

我們班率先拿到分數，這對B班來說是一個很大的打擊，畢竟誰先拿到分數，就等同這一場已成為主場。

班上士氣因此大大提高，所有人齊聲吶喊，B班籃下搶球後，直往籃框跑。向春日急起直追，隊友順利抄走B班的球，回傳給向春日，向春日雙腳回轉，面對後方的籃框縱身跳起，一計三分球漂亮入袋！

「向春日好神啊！」我大聲尖叫，涂晶晶也跟著我又叫又跳的，所有人都從座位上站起來，興奮得完全坐不住。

上半場比賽結束，我們C班遙遙領先B班十二分，向春日勝券在握，笑得很開心。

「我的水呢？」他朝我伸手，笑紋在他的眼角，汗水沾濕了睫毛。

把礦泉水交給他，向春日坐在我旁邊的地板上，大口灌完後捏扁了寶特瓶，往後一丟，這樣都可以命中垃圾桶。

看著向春日的側臉，我的心卻隱隱作痛著，有一種情緒卡在喉頭，讓我的眼眶有些濕潤。

裁判在場上吹哨，向春日從地上爬起來，對我伸出手掌。

「分點幸運過來。」又是那樣的笑容，在這樣的人聲鼎沸中，向春日的臉和聲音卻清楚到讓我有些耳鳴。

我伸出手掌用力拍了他，小聲地說了聲加油。

向春日原本就要往球場上走，卻停頓了一下，又轉過頭伸出手說：「晶晶，Give me five!」

沒料到向春日會跟自己說話，涂晶晶的驚訝清楚表現在臉上，我用手肘頂了下她，涂晶晶才回過神，伸出手輕輕地拍了他。

「我們會贏的！」向春日說了好幾次的勝利宣言，這一次我才眞的感受到那份堅不可破的決心。

他們回到球場上，而我卻聽到旁邊傳來吸鼻子的聲音。

我訝異地看見，涂晶晶居然將臉埋在雙手間。

「我只是……很高興、太高興了。」她哭哭啼啼，嘴角卻掛著笑容。

一個小小的舉動，就讓涂晶晶這麼開心，這樣的戀愛，不是很痛苦嗎？

我拍拍她的肩膀，沒有多說什麼，我既不想說破向春日的心情，也不想對涂晶晶說加油。

這就是我想選擇的方式嗎？當一個完完全全的旁觀者。

讓涂晶晶繼續這段沒有結果的單戀，讓向春日繼續避著涂晶晶，偶爾向春日釋放出些許溫柔，涂晶晶便會樂上一整天。

球場上的哨音拉回我的思緒，我們班又靠向春日的三分球與B班拉開分數。

正當我認爲今年也贏定了的時候，我發現B班的人開始將球都傳給常大爲，他一手運球，另一手舉向空中，食指畫了一圈。

好像施展了魔法一樣，常大爲忽然以迅雷不及掩耳的速度來到籃框下，一舉灌籃成功。所有的人目瞪口呆，常大爲剛剛的速度好比閃電，快得令人反應不過來。

B班的人露出狡猾的笑容，趁著還沒有人回神，又再次進了一球。

「防守！」向春日大喊，並親自跑到常大爲面前防守。

常大爲再次拿到球，面無表情地往右邊一看，向春日往右邊擋，常大爲卻轉身，從左邊三分射籃。

「什麼！」現場的人發出驚呼聲，B班正逐漸縮小分數差距，幾乎全是常大爲一個人在得分，他的速度極快，假動作很多又很逼眞，引得向春日連連上當。

向春日從容的笑容已經不見，取而代之的是緊皺的眉頭和滿身大汗，眼見分數差距不斷縮小，球員的緊張也感染到全場觀眾身上。

當常大爲跳起來又打算來一計三分球時，向春日從前方衝過來奮力一跳。

「向春日！擋下常大爲的球啊！」我大聲喊出來。

常大爲愣了零點幾秒，眼角餘光掃過我，因爲這短暫的分心，讓向春日成功攔下這一球。

常大爲愣在原地看著自己空著的雙手，B班的人喊了幾聲，常大爲回頭朝我的方向看來，視線準確對上我的眼睛。

我沒料到他會看向我，還來不及反應，常大爲已轉身去追向春日。

這一球向春日的灌籃被蓋火鍋，時間來到比賽最後倒數，目前雙方同分，只要守住最後幾秒，就會再有一場延長賽。

所有人屏息，在向春日搶到球的瞬間發出爆炸般的歡呼，可那歡呼餘音未落，常大爲瞬間抄走向春日手中的球。

「嘖！」我彷彿都可以聽見向春日的咋舌聲，他在常大爲後頭奮力追著，終於迎面趕上，擋住常大爲的去路。

常大爲跳起來，又打算來個三分球，向春日也立刻跳起，眼看就要蓋掉這一球，常大爲卻突然彎下身子。

嗶——

裁判哨音響起，我和涂晶晶雙手交握，緊張得幾乎要尖叫。同時，彎腰的常大爲又再次打直身軀，猛地往上一跳，而剛起跳的向春日腳還沒著地，在這零秒瞬間，常大爲投進一記漂亮的三分球。

「啊啊！」整座體育館響起一陣震耳欲聾的驚呼，沒料到最後常大爲會來個零秒出手！

「比賽結束！二年B班獲勝！」裁判宣布。

向春日傻愣在原地，而常大爲用衣領擦掉臉上流淌的汗水，看了一眼向春日，然後眼角餘光瞄向我。

兩隊球員站在場中間互相敬禮，B班的人大聲歡呼，所有人用力拍著常大爲的背，一度還想將他舉起來丟高，但被常大爲拒絕。

和他們的歡天喜地截然相反，我們班陷入一片安靜，向春日那麼自信地說會贏，我們也從來沒有懷疑過，沒想到這次卻吃了個敗仗。

向春日不發一語地坐在我旁邊，手足無措的我看著涂晶晶，希望她能開口說些什麼，讓他別這麼沮喪，可是涂晶晶比我更不知道該怎麼辦，扭著手指，站在一旁乾瞪眼。

「向春日……」我緩緩開口，向春日不為所動，體育館裡的人潮開始散去，班上的同學離開前紛紛過來拍了拍球員們的肩膀，大家雖然消沉，卻沒向春日這麼沮喪。

涂晶晶不安地望著我。

「向春日，至少我們是第二名啊，反正去年得過第一了。」我只想得出這種不著調的安慰話語。

「這完全在我的意料之外！」向春日深呼吸，「死魚眼的速度實在太快，他以前不會是田徑隊的吧？」

「我不知道，也許我下次可以問問看。」

「在我們心中，你是第一名。」涂晶晶鼓勵的話語卻讓向春日有些不悅。

「一起打籃球的人有這麼多，怎麼會只有我第一名。」

「我不是那個意思……」

「哎唷，總之，別消沉啦，向春日怎麼可以消沉！」我趕緊打破尷尬，好不容易涂晶晶和向春日才有點恢復以往，可別在這時又功虧一簣。

「我先回教室，輸了輸了，唉。」向春日拿起旁邊的毛巾，往體育館外走。

「如果剛剛那句話是妳講的，春日絕對不會這麼反感。」涂晶晶咬著下唇，不斷折著自己的水晶指甲。

「晶晶……」

「因為我別有用心，我喜歡他，所以任何站在向春日這邊的言語或舉動，對他來說都是包袱。」涂晶晶緩緩吐了口氣，「黎莌，向春日有喜歡的人。」

她看著我，我感到心臟一揪。

然後越過她的肩膀，我看見站在她後方的常大為。

常大為的汗水沾濕髮絲，黏了幾絡在他白皙的臉上，而他通紅的臉頰與悠遠的雙眼，全望進我眼底。

「黎莌，春日他喜歡妳。」然後涂晶晶用一種很輕的語調，慢慢說出這個我曾經懷疑過的想法。

「怎麼可……」

「我喜歡他很久了，所以我知道，他喜歡妳。」涂晶晶終於還是流出眼淚，她沒有抱怨，也不是討厭我，就只是淡淡地，說出這件事情。

「晶晶，我不知道該說些什麼。」

她擦掉眼淚，「什麼都不用說啦。」接著她微微側頭，看了眼站在後頭的常大為，小聲附在我耳邊說：「也許妳比較在意常大為吧。」

「啊？」這句話讓我叫了好大一聲，涂晶晶卻以為是我害羞的表現，咯咯笑著，說她要先去洗把臉再回教室。

頓時體育場剩下我和常大為兩人，以及一些工作人員在場邊收拾東西。

等涂晶晶離開後，常大爲才走過來。

「恭喜啊，音速小子。」我說。

他卻好像被我吃豆腐的模樣，皺著眉頭不發一語。

「你以前參加過田徑隊嗎？」

他搖頭，「國文。」

「有國文社？」他的表情因爲我這句話而抽動了一下，「喔，你是要借國文課本。」

他點頭，我無力地嘆氣，「你下次句子講長一點啦，多『我要借』這幾個字又不會怎樣。」

常大爲不以爲意。

我皺起眉頭，「你這樣怎麼跟朋友溝通啊？」

「妳也不太能和朋友溝通，不是嗎？」難得常大爲又冒出這麼長的句子，卻是虧我的話。

我不發一語。他說得沒錯，我話多又愛亂想，只是對於涂晶晶和向春日這兩個朋友之間的疙瘩，我卻一點辦法也沒有。

有時候言語完全無法產生溝通的作用，一點用處也沒有。

和常大爲一起走回教室的路上，我不斷想著，爲何涂晶晶會說，我「比較在意」常大爲？是跟誰比較？

側頭看了常大爲一眼，不曉得他有沒有聽見涂晶晶說的話。

從他沒有表情的面容上，根本猜不出端倪，但我想，常大爲也不是那種個性八卦的人。

話說回來，就算今天他被女生告白，我想他依然會用這種表情說聲「喔」，就這樣而已。

「你在這裡等我，我去拿課本出來。」進到教室裡，向春日已經換回原本的運動服，正和其他人有說有笑。我鬆了口氣，拿了國文課本就往教室外走。

「黎萂！」看見我的向春日喊了我的名字，瞬間，不知道爲什麼，我的心跳得很快。

「怎、怎樣？」然後我竟然有點結巴。

「放學後留下來，有話跟妳說。」向春日的表情很複雜，其他男生們則在一旁竊笑。

「現在不能講嗎？」我扭著手中的課本，感到一陣彆扭。

「也不是不行啦……」向春日站起來，呼了口氣朝我走來，後頭的男生們曖昧地笑著，涂晶晶也看著我。

「算了，放學再說！」我大叫出來，臨陣退縮，轉身往教室外跑去。

常大爲穿著球衣倚在欄杆，接過我的國文課本，「怎麼了？」

「沒事！」

「臉紅，發燒？」

我將手貼上自己的臉頰，果然發燙，這是怎麼回事？

「沒有發燒……我最後一節國文課，記得要還我。」

常大爲點頭，眼睛卻在我身上打轉，又看了看教室裡面。

「怎麼了？」

「沒。」他拿著課本回到隔壁班教室。

絕對不是沒事，常大爲想說什麼卻沒說，恰巧上課鐘響起，我也沒時間細問。

這一節是音樂課，向春日和其他男生走在前面，涂晶晶走在我旁邊，眼神跟隨著向春日。

「晶晶，我覺得妳誤會了。」

「誤會什麼？」

「我沒有喜歡常大爲。」我解釋著。的確我對常大爲感到好奇，也認爲他很帥，甚至也覺得他很吸引人，可是面對他，我完全沒有心動或是心痛的感覺，沒有情緒高低起伏，那應該不是喜歡。

「是這樣嗎？」她的表情一點也不意外。

「是啊，所以妳別誤會……」我也不希望向春日誤會。

涂晶晶只是輕應了聲，我扭著手指，覺得亂不自在。

「黎莐，我的襯衫破洞了。」前方的向春日轉過頭，丟了襯衫過來。

「你衣服又破了，到底是多好動啊？」嘴上雖這麼說，但我還是想著等一下回教室後，再拿出針線包，看看有沒有合適的縫線。

「反正有妳在啊。」他又露出太陽般的笑容。

忽然我覺得，閃耀的世界，不過就是這一瞬間。

第五章

只要他一笑，我的世界，彷彿就亮了起來。

音樂課的時候，我從窗邊看向B班，正好看到座位在靠走廊邊的常大爲。一陣微風從窗戶吹進來，我的頭髮微微飄動，這時常大爲抬起頭來，隔著一個中庭的距離，他也看到了我。

因爲距離有些遠，我看不清楚他是不是在對我微笑，坐在後頭的向春日用筆戳了戳我的背，一臉賊兮兮地笑著。

「妳在偷看誰啊？」

「我才沒有在偷看誰呢！」

「嗯~是嗎？」他順著我的眼神往B班教室看過去。

「別亂猜！」我怕他跟涂晶晶一樣，誤會我喜歡常大爲。

「喔~」向春日掛著曖昧的笑容。

「眞的、眞的不要亂想！」我轉過身，認眞地看著他，急於解釋而忽略了通紅的臉。

「好啦！我知道了。」他總算正經一點點。

一整天下來，只要下課，向春日和就會和其他打籃球的男生們跑得不見人影，留下我和涂晶晶獨處，氣氛有點微妙，時常不知道該聊些什麼。

結果只能不著邊際地聊一些廢話，例如昨天晚餐吃什麼，或是看了什麼漫畫等，直到打掃時間，常大爲拿著國文課本站在後門，我才能稍稍喘口氣。

「怎麼了？」

他發現我表情怪異，側頭看了下教室裡頭，涂晶晶正帶著打趣的表情盯著他。

「沒什麼，你別在意。」我接過國文課本，隨手翻了幾頁，果然常大爲又在我的課本上寫滿了筆記。「嘿，連國文你也可以寫這麼多筆記啊！」

「筆記都是重點。」常大爲講話也是只講重點，「主角之一，就是個那女生？」

話題也跳太快了吧，常大爲不只不善表達，連講話順序都有問題，好在我天資聰穎，聽得懂他在講什麼。

「是啊。」

「那男生就是七號？」

向春日的球衣號碼是七號沒錯。

「對，像太陽一樣的男生。」我壓低聲音，是有多明顯啊？當時我沒告訴他名字，常大爲光用看的，就猜到涂晶晶喜歡向春日。

「黎莌，別管。」他又說了一次。

我握緊國文課本，「我不會多事啦。」可是……涂晶晶說向春日喜歡我，這件事情我沒有說出來。

上課鐘響起，一群男生吵吵鬧鬧地從走廊另一端出現，向春日也在那群人裡，他看見我和常大爲，表情有些複雜。

「上課了喔，黎莐。」向春日手插口袋，站在教室前門。

「喔。」我小聲回應，低著頭不知道在緊張什麼，這時常大爲忽然抓住我的手腕，我嚇了一大跳。

「妳現在知道了嗎？」

「知道、知道什麼？」我想甩開常大爲的手，卻發現他握得很緊，向春日一臉狐疑站在前門看著。

「女生喜歡七號，七號不喜歡女生。」常大爲說得又快又清楚，音量卻只有我聽得見，

「那黎莐呢？」

瞬間，我臉頰上的燥熱攀至沸點，我怔怔地望著常大爲的眼眸，他放開我的手，露出一個稱不上是開心的微笑。

「這就是答案。」

常大爲看了前門的向春日一眼，便回到B班教室，而向春日小心翼翼地走了過來，看著垂下頭的我說：「黎莐，妳還好吧？」

他的手碰觸到我肩膀的時候，我感受到像是觸電般的感覺。

「妳臉很紅欸！」向春日伸出手心，撫在我的額頭上。

被他這樣一碰，沒發燒都要發燒了。

「喂，還是帶妳去保健室吧。」連給我解釋的時間也沒有，我就這樣被向春日一路帶到保健室。

好啦，我又看見涂晶晶在教室裡露出那種怨婦的表情。

總覺得最近事情都亂七八糟的，不但原本的問題沒解決，反而衍生出其他更多的問題。

「阿姨不在。」向春日晃了一圈，最後要我躺在病床上，從一旁拿起耳溫槍直接塞到我耳朵裡，「三十七度，正常啊。」

「我本來就沒發燒。」我從病床上坐起來。

「哈。」向春日傻笑了下。

我趕緊下床穿好鞋子走到保健室門前，現在千萬不要讓我跟向春日單獨相處，我心臟劇烈地跳得好痛。

「喂，黎莯。」向春日坐在床邊，兩手交握撐在膝蓋上。

「幹麼？」

「妳想知道我們籃球比賽打賭什麼嗎？」

我轉過頭，「你願意告訴我啦？」我好奇很久了。

他拍拍床邊的位置，而我卻拉過一旁的椅子，坐在他的正對面，我已經承受不了坐在向春日身邊的小鹿亂撞。

「原本想等放學再說的，其實滿無聊的啦，就只是拿到冠軍的男生們，可以要到對方班上女生的聯絡方式。」

「就因爲這個理由，大家才這麼拚命？」

要不是向春日一臉尷尬的表情，我還眞不相信竟然會有這種賭局。

「比如說，B班的人想要C班某個女生的聯絡方式，但平時因爲不同班也沒什麼適合的理由可以要到，這時候B班就可以請C班的男生去要電話之類的。」向春日不好意思地搔了一下頭，「當然啦，這賭注只限定參加籃球比賽的隊員們，而且一個人只能要一個女生的電話。」

我咬著下唇，沉著臉不發一語。向春日以爲我生氣了，討好似地蹲到我面前，「這賭注是挺膚淺的沒錯，可是……男生嘛！」

然而我並不是在生氣，與其說是生氣，倒不如說是有一種難以言喻的不適感積壓在胸口，連呼吸都變得困難。

「你……那你這麼努力想贏得冠軍，是想要誰的電話？」

想起向春日一直想要贏得勝利的決心，如果是爲了哪個女孩，那我眞的……眞的會有些難過。

好吧，是會很難過。

向春日笑了起來，在他的眼角，有著我最愛的笑紋。

夕陽的餘暉從窗邊爬進保健室的每一個角落，而所有的光卻像是聚焦在向春日臉上。

原來我所喜歡的，一直都不是有笑紋的笑臉，而是向春日的笑臉。

只要他一笑，我的世界，彷彿就亮了起來。

「我怎麼可能要別人的電話。」他伸手摸上我的頭，親暱地揉了揉，「我只是不想輸，以防其他人來要妳的電話。」

彷彿呼吸突然停止，耳朵嗡嗡作響，全世界都在瞬間安靜下來。

唯一清楚的，是涂晶晶說的話。

「黎莐，春日他喜歡妳。」

「可惜最後我們還是輸了，所以B班的男生剛才已經說了要哪些女生的電話，啊啊，結果我像是白忙一場。」向春日站起身，伸了個懶腰。

「黎莐，有人要妳的聯絡方式，妳猜是誰？」

向春日背著光，我看不見他的表情，我輕輕搖了頭，接著向春日的聲音像是從很遠的地方傳來。

「常大爲。」

我喜歡向春日。

這是我剛剛發現的事實。

事實是很久以前就已經存在，而我卻直到剛剛才發現。

我坐在公車站的椅子上，雙手貼在兩頰邊，腦子裡嗡嗡作響地發著呆。

「喂。」我一點也不意外會聽見常大爲的聲音，他手插口袋，站在一旁。

「你要了我的聯絡方式？」我直接問他。

「他們說一定要要一個，別班的我只認識妳。」

「我大概有猜到原因。」畢竟常大爲的思考邏輯跟一般人不太一樣，可是這樣不就讓別人誤會了！

尤其最慘的，對方還是向春日。

「看來死魚眼喜歡妳啊，不錯嘛！」

想起向春日在保健室裡嬉皮笑臉的模樣，我就有一種難過沮喪卻又帶點想揍他的情緒在內心矛盾地翻騰著。

常大為坐到椅子邊，拿出手機遞給我，雖然之前就看過他在公車站牌下講手機，但對於他違反校規帶手機來學校這件事情，還是讓我很震驚，我以為他是乖乖牌學生。

「妳的手機號碼？」

「你不是已經有了？」不是已經跟向春日要了嘛！

「那樣不太禮貌，跟本人要比較好。」常大為頓了頓，「這句話是七號跟我說的。」

向春日！

「所以他……沒有把我的手機號碼給你喔。」我裝作不經意。

「嗯，他要我自己跟妳要。」

「喔。」我抿著唇，無法不去猜測，向春日不想將我的電話給別的男生，所以才會要他自己來問。

這樣一想，我就不免一陣竊喜。

接過常大為的手機，我輸入自己的號碼再按下撥出鍵，手機在書包內震動，掛掉後還給他，「這樣我也有你的號碼了。」

「嗯。」常大為將手機放回口袋。

「喂，常大爲，我看了你剛剛的國文筆記，好像稍微能理解爲什麼你成績這麼好。」私心希望他常常忘記帶課本，這樣我就有免費的第一名筆記了。

常大爲挑眉看著我，似乎看穿我的想法。我聳肩一笑，踢著腳望著馬路，看見常大爲的公車來了，他起身對我擺擺手，我也跟他道再見。

在他上公車前，我忍不住叫住他，「喂，常大爲……」

他停下腳步，回頭望著我，我趕緊搖頭，「沒什麼，明天見。」

然而他卻走回我身邊坐下來，我睜大眼睛要他快上公車，他緩緩搖頭，跟司機說他不坐了。

「怎麼了？」

既然常大爲都沒上公車了，所以我扯著裙角，故意用不在意的口吻問道：「向春……七號要你自己跟我要電話的時候，表情是怎樣？」

我沒有去看常大爲的臉，直到我以爲他不打算回答時，才看向他的眼睛，他的眼神是……無奈？心酸？同情還是憐憫？

會說話的靈魂之窗這次塞滿太多情緒，我分辨不出來常大爲要表達什麼。

「女生喜歡七號，七號不喜歡女生。」忽然他重複下午跟我說過的話，「那黎芃呢？」

我緩緩點了頭，常大爲提醒我另一件事情，就是涂晶晶也喜歡向春日。

「我這樣是不是很糟糕？晶晶都跟我說她喜歡向春日了，我卻又……」這句話連我自己說出來都覺得僞善，我是想要常大爲跟我說些什麼呢？

說這件事情不是我的錯？感情不能控制？不是誰先講先贏？

我只是想藉由別人的嘴巴來告訴自己，我並沒有對不起涂晶晶，我只是想讓自己喜歡向春日的心情能更坦蕩無愧，我心裡都知道。可是，我想不出來我要怎麼告訴涂晶晶，我也喜歡向春日。

尤其……涂晶晶才跟我說，向春日喜歡我。

「那妳在煩惱什麼？」當我將這些事統統脫口而出後，常大為只有這樣的反應。

「這還不夠我煩惱嗎？」

「妳喜歡七號，七號也喜歡妳。」常大為兩手一攤，「這還有什麼問題？」

「晶晶啊！」

「感情是兩個人的事情，為什麼要擔心其他人？」常大為完全不明白。

我原先感到生氣，可是轉念一想，常大為說得也沒錯。

「妳會因為朋友也喜歡七號，就迴避自己的感情嗎？」

「我不會。」我老實說。

「那妳還有什麼好煩惱的？」

「是沒有啦……噗，常大為，跟你聊天，好像我所有的煩惱都很可笑。」我笑出聲，心情也放鬆許多。

「我不懂妳在煩惱什麼。」常大為看著前方，面無表情的，他老是如此。

「呵。」我笑了聲。

在這裡想一堆有的沒的也於事無補，只是自尋煩惱，我該做的，是將真實的心情對涂晶晶開誠布公，真實面對她以及自己的感情，這才是最好的方式。

至於她會怎樣……之後再去想吧。

「妳打算告訴七號嗎？」忽然常大為問。

「嗯……我沒有想過耶。」

這事情要特意講嗎？我對現在相處的方式也很滿意啊。

向春日最接近的女生就是我和涂晶晶，而且，向春日也一直在我身邊……

「說出來的話，我們就會……交往？」這兩個字讓我好不自在。

常大為又再次用那種狐疑的眼神看著我，彷彿這是多麼理所當然的事情。

「我沒有想那麼遠耶。」和向春日變成男女朋友，這有點難想像耶，況且既然我都已經知道他喜歡我，那暫時保持現狀，也沒什麼不好啊。

我還挺喜歡這種有點曖昧的感覺。

「女生，難懂，所以才不喜歡。」常大為又恢復了斷句式的說話方式。

我只是歪著頭看了常大為一眼，總有一天，他也會陷入戀愛，瘋狂喜歡上某一個人，到時候，不知道他會不會來跟我商量他的煩惱，就如同現在我跟他討論一樣。

或許是因為常大為跟我不同班，加上他是轉學生，還有，他不是一個喜歡八卦的人，所以我才會很自然地信任他，並且把煩惱都告訴他。

雖然他話少，但總是認眞聽我說話，有這麼一個特別的朋友，還眞是不錯。

「黎莌，昨天怎麼樣？」

昨天才察覺到自己喜歡向春日，今天一踏進教室馬上就看見向春日的臉，讓我的心臟頓時有些無法負荷。

「什、什麼怎樣？」我結巴。

向春日忽然一隻手勾上我的肩膀，低聲在我耳畔說：「死魚眼啊，有沒有跟妳要電話？」

「喔，有啊。」

向春日眼睛張大，「沒想到他還眞的付諸行動！了不起！」

幹麼讚賞他啊，「向春日，你怪怪的。」

「我哪有。」他看起來心情很好，但我就是覺得他怪。

「早安。」涂晶晶不知道什麼時候也到了教室。

「晶晶，早。」今天的第二次驚嚇。

「在講什麼啊？」

「死魚眼跟黎莌要電話。」向春日竊笑著，涂晶晶的反應跟我一樣，神情怪異地看著他。

「幹麼啊，妳們這什麼反應？」

「你才是什麼反應呢。」涂晶晶歪頭。

「啥啊，妳們兩個今天好怪。」

「你才奇怪吧。」涂晶晶跟我想的一樣。

「哪有。」他反駁，然後看見同社團的朋友，便跑去討論成果發表會的內容。

我和涂晶晶互望一眼，我搖晃手中的早餐，問她要不要來個早晨的女人小聚會，於是我們來到樓梯旁邊的大陽台，我拿出蘿蔔糕吃，涂晶晶已經在宿舍吃過早餐，所以正喝著我的奶茶。

「春日是怎麼了?他喜歡妳，卻在虧妳被要電話的事情，是他太從容，還是頭殼燒壞了?」涂晶晶說出我的疑惑。

「我也不知道，明明昨天常大爲才說，是向春日要他自己來跟我要電話的。」這怎麼想都是他不想給，所以委婉拒絕的方式才對，但他剛剛的反應也太過……普通了吧。

「我想是因爲春日覺得常大爲沒機會吧。」她側過頭，大眼睛眨巴地看著我。「妳也喜歡春日對吧。」

「咦?」

「有什麼好震驚的啊。」她輕笑幾聲，「妳以爲自己隱瞞得很好嗎?」

「不是、可是我……」昨天才發現自己喜歡他啊!

「黎莌啊，我不知道妳有沒有自覺啦，但妳的眼神常常追著春日跑。」

涂晶晶看著我訝異的表情又笑了笑，「黎莌，我是因爲妳的眼睛追尋著春日，我才開始在意起春日。」

「啊?」這讓我嘴巴張得更大了。

「我很好奇，春日只不過是長得比一般男生好看一點，成績和運動好一點，身高高一點，光靠這些膚淺的外在因素就可以讓他這麼受歡迎嗎?妳是因爲這樣才喜歡上他嗎?」她又吸了一大口奶茶。「所以我就開始觀察春日，觀察觀察著，就喜歡上他了。」

「爲什麼?」

「妳是問我爲什麼跟妳喜歡上同一個人嗎?」

我搖頭，「我是問，妳爲什麼會喜歡他？」僅僅是因爲每天看著他，就喜歡上他了嗎？

「那妳又是爲什麼呢？」

沒想到會被反問，我低下頭塞了幾口蘿蔔糕，一邊咀嚼一邊說：「等我發現的時候……就已經喜歡上了啊。」

「就是啊，喜歡這種情緒，當我們察覺到它的存在時，就已經在不知不覺間喜歡上對方，要怎麼追究原因呢？」涂晶晶咬著下唇，「所以妳生我的氣嗎？」

「爲什麼要生氣？」我疑惑。

「因爲是妳先喜歡上他的，而我卻……好像是追隨妳，還是學妳，跟妳一樣喜歡上春日，然後我還故意先跟妳說我喜歡上他，明明我知道妳還沒有意識到自己喜歡他……」

看著涂晶晶急欲解釋的模樣，我忍不住大笑起來。

原來我們兩個擔心的事情是一樣的啊！

我忍不住抱住涂晶晶，在她的肩膀磨蹭，結果嘴邊的醬油不小心沾到她的衣服上。

「好髒！」涂晶晶故作嫌惡地推開我，我卻反而把她抱得更緊。

打鬧一會兒後，我才清清嗓子，「其實若不是妳告訴我，妳喜歡向春日，我也不會察覺自己的感情。」

涂晶晶並沒有太意外，她點點頭，「因爲平衡被打破了。」

她轉過來看著我，「春日不交女朋友，我們兩個是最接近他的女生，如果沒有什麼大變動，我們就會一直維持這樣的朋友關係，直到某天妳和春日在一起。」

最後一句話讓我微微臉紅。

「可是我卻突然說了自己喜歡春日，強迫妳正視自己的感情，其實妳早就喜歡上他了，只是一直沒有自覺。」涂晶晶聳聳肩。

「晶晶……」我看著她，不知說些什麼才好。

「妳打算跟春日告白嗎？」

「沒有這個打算！」她怎麼跟常大為問一樣的話！

「為什麼不？就差那臨門一腳。」她有點疑惑，「妳不想跟他在一起？」

「也不是。」我戳著餐盒裡的蘿蔔糕，「可是我……我沒想那麼遠，現在這樣相處也不錯，就像妳說的，如果平衡沒被打破，我就不會發現自己的感情，而現在我知道我喜歡他，也知道他……喜歡我，這樣就可以了。」

涂晶晶也不是不能理解我的想法，她嗯了聲，一口氣喝光我的奶茶。

「回教室吧，要上課了。」

「晶晶，妳……那妳怎麼辦？」問這個問題會不會顯得我很虛偽？

向春日喜歡我，說不開心是騙人的，可是，我同樣也會擔心涂晶晶，雖然每一段感情免不了有人受傷、有人必須成全，但可以的話，我還是希望能將傷害降到最低。

「這個問題好奇怪喔，我喜歡春日之前，就已經知道他喜歡妳了啊。」涂晶晶站起來，拿走我的蘿蔔糕，「妳戳成這樣怎麼吃啊？」

我默不吭聲，涂晶晶又說：「妳什麼也不必做，什麼也不必改，跟以前一樣就好。」

涂晶晶是以失戀為前提，在喜歡著向春日。

我想起她說的，當一朵在地面上凝視著太陽的向日葵，好過當一朵假裝是雲的向日葵。

爲什麼她還可以帶著笑容跟我說話？明知道戀情不會有結果，卻還是可以和我侃侃而談向春日的事情。

如果我是涂晶晶，我一定沒辦法做到這種程度，我會眼不見爲淨、疏遠對方，等到自己釋懷以後才回來繼續當朋友。

光是這樣想，我的胸口就壓抑得難受。

「黎莯，加油啊。」在轉身之際，涂晶晶給我一個曖昧的笑容。

雖然不知道她要我加油什麼，但我還是回給她一個笑容。

我有一種感覺，涂晶晶告訴我她喜歡向春日，只是爲了讓我發現原來自己也喜歡他；而她讓向春日知道她喜歡他，可能就只是爲了要向春日疏遠自己，然後讓自己徹底死心。她所做的一切，都是建立在放棄上。

而現在，聰明的向春日也感受到涂晶晶心境上的轉變，所以兩人慢慢又恢復到以前有說有笑的相處模式。

對於這一點，最開心的當然是我，更讓我倍感驚喜的另一件事，就是常大爲這個迷糊蛋持續忘記帶課本，幾乎每節必借，而我的課本上也寫滿了他的筆記。

於是，在全校榜首的筆記加持下，期中考我從全校倒數五十名一躍成爲中間名次。

「太誇張了！」仍舊保持全班第一名的向春日在教室大喊。

「那根本是神的等級了。」涂晶晶翻著我的課本，沉思一下後說：「期末考前課本借我……」

我趕緊伸手搶回來，「不行，你們的成績已經很好了！」

「死魚眼很疼妳嘛！」向春日皺起鼻子，用手肘頂了我，「很幸福啊。」

「你在講什麼啊。」我的臉頰漲紅，不是因爲他虧了我和常大爲，而是因爲他的手碰觸到我。

「春日，你眞的很怪欸。」涂晶晶皺眉。

「哪裡怪？」向春日拿起我的國文課本翻了翻，「怪的是這可怕的筆記吧。」

我和涂晶晶對看一眼，忽然向春日過來跟我擠同一張椅子，他的手碰到我的手臂，我彷彿觸電般起了雞皮疙瘩。

「妳看這裡。」他指著課本的左下角，絲毫沒發現我羞赧的雙頰，「沒想到死魚眼也會塗鴉。」

順著他修長的手指看過去，書頁角落畫著一顆圓圓的東西。

涂晶晶也湊過來，翻到下一頁，「這裡也有。」

「是連續塗鴉吧。」向春日將課本拿起來，彎了一個角度後開始連續翻動書頁。

在快速翻動書頁時，好像在看動畫一樣，太陽從旁邊慢慢升起，那顆不明圓形物也慢慢發芽，不斷往上生長，然後開出一朵向日葵，最後，地面陸續長出許多向日葵，但太陽只有一顆。

我連忙拿回書本闔上，放到抽屜裡面。

「那是什麼意思啊？」向春日問。

「我哪知道。」我敷衍著他，只有涂晶晶明白爲什麼我的課本會被畫上向日葵。

「其他本有嗎？」向春日開始翻找我的每一本課本，但除了國文課本外，其他就只有筆記。

上課時，我快速翻動國文課本，看著書頁上向日葵的生長過程，但最後一頁的向日葵花海越看越礙眼，所以我拿起橡皮擦塗塗抹抹，只在畫面上留下一朵向日葵。

向春日轉過頭來，正巧與我對上眼，然後他打了一個哈欠，嘴型說著這堂課好無聊。

我竊笑了幾聲，心想，只要像這樣就夠了，我不一定要和向春日交往，只要我是最接近他的女生，只要他也喜歡我，只要我們永遠像現在這樣心照不宣，就夠了。

第六章

有些人的告白，不是為了要在一起。

升上高中後，這是我第一次上台領獎，站在向春日的後面，我高興得一直抬起下巴。

「進步獎不是人人都領得到的。」向春日轉過頭來小聲對我說。

「所以我超厲害！」

「不，是死魚眼厲害吧。」向春日瞥了眼站在司令台上，正領著全校第一名獎狀的常大爲。

「他居然光靠筆記就能讓妳進步好幾百名，甘拜下風。」

「講得好像我有多笨似的！」我想踩他的腳，卻因爲角度問題加上瞬間升起的彆扭感，最後只是冷哼一聲。

向春日嘴角噙著笑意，走到台上領取班級第一名獎狀，回到班級隊伍前還不忘回頭對我拋個媚眼。

我心情好得很，踩著輕快的腳步來到司令台，我們學校的進步獎只會頒給進步最多的學生，我一次就前進了將近兩百名，這可是前所未有的紀錄。

一站上司令台，我頓時覺得莫名有些緊張，頭暈目眩，底下黑壓壓的一片，所有人的五官都擠成一團，校長跟我說恭喜的時候，我居然回答「不客氣」。

「第一次上台領獎的感覺如何？」回教室的途中，向春日拿著我的獎狀痞笑著問。

「精神壓力太大了。」感覺全身力氣都用光了。

「妳太誇張了吧。」向春日爽朗的笑聲聽在我耳裡實在太過衝擊，我的心臟隨著他的笑聲激烈跳動著。

我發現擦身而過的學妹們，都偷偷看著向春日微笑，也看見幾個曾經向他告白過的女孩，雖然下巴刻意抬得高高的，眼神卻控制不住地依然偷偷瞄著他。

唉，這個罪過的男人。

看著向春日的背影，一想到他也喜歡我，又讓我不自覺地傻笑起來。

❋

常大爲還是常常忘記帶課本，有一次我終於忍不住問：「你該不會根本沒買課本吧？」但常大爲終究是常大爲，他完全沒有任何反應，表情也沒有任何變化，好像剛剛根本沒有人在跟他說話。

「喂，常大爲，你是不是常常得罪別人？」

他皺眉看我，好像我問了什麼失禮的問題，但我覺得他面無表情才失禮呢，所以就接著說：「看！就是這種表情，人家還以爲我欠你幾百萬呢！」

「妳覺得被我得罪了嗎？」

「也沒有，我知道你只是不善表達。」我聳聳肩，翻著他剛還給我的國文課本，裡頭又寫滿一堆筆記，很好。

課本最後一頁左下角依舊是一朵向日葵和一顆太陽，卻多了顏色，向日葵的每片花瓣都被塗上了七彩顏色。

「哪有花是這種顏色的？」以爲這是OPEN醬嗎？

「這是妳。」沒想到常大爲這麼說。

「那你怎麼沒幫太陽上色？」

「妳的太陽，妳自己上色吧。」常大爲聳聳肩，「下一節課是歷史。」

「你到底有沒有買課本啊！」我怪叫著，但也心甘情願借他，那些筆記可是考試仙丹。

我和常大爲在教室外的走廊又聊了一會兒，大多數時間都是我在講話，常大爲只有偶爾點頭或搖頭，直到上課鐘響，常大爲才說了聲：「放學見。」

「放學固定約會嗎？」向春日的聲音冷不防出現在我背後，讓我差點驚叫出聲。

「白痴喔！」

「妳和死魚眼進展得不錯嘛。」向春日嬉皮笑臉地拿著籃球轉，額頭上有著運動後流淌的汗珠，我伸出手，指尖觸到他的髮。

那一瞬間，向春日顫了下，眼底流露出意外的神情，雖然僅僅一瞬，但我還是迅速收回手，轉而從口袋拿出衛生紙丟給他。

「汗擦一擦吧。」

「喔，謝啦。」向春日有些彆扭，乾笑了幾聲便走回到室。

我愣在原地，剛剛那是怎樣？

向春日似乎往後退了一步，而且，那瞬間他看著我的眼神，好像以前看向涂晶晶的眼神。

我搖搖頭，將不安的想法甩出腦袋，回到座位上翻開課本，看著左下角的七彩向日葵，拿出彩虹筆，將上面的太陽也添上不同顏色。

七彩的向日葵與七彩的太陽，順手再畫上一顆紅色愛心，將向日葵與太陽框起來。

然後我抬頭看著向春日的背影，以前課堂中間他總是會轉過頭對我擠眉弄眼，但這一整堂課，他卻一次也沒轉過來。

放學的時候，向春日要去社團討論成果發表會的事情，於是我和涂晶晶兩人漫步走到花之冰。

「他應該是在害羞吧。」我把事情告訴涂晶晶後，她這樣說。

「那反應不是害羞，反倒像……」像是一種拒絕。

涂晶晶手托下巴，沉思一會兒，「可是他喜歡妳沒錯啊。」

「妳是從哪一點判斷出他喜歡我？」

「就……他不是很喜歡對妳勾肩搭背嗎？而且也愛拿妳的水喝，還有，他有時候會用一種說不上來的眼神看著妳。」

我咬著下唇，這些可以解釋成他喜歡我，但也能說他只是把我當成很要好的朋友。

「哎唷，我們兩個在這邊瞎猜也沒用，妳不如自己去問春日。」

「問？怎麼問啊！」

「就說妳喜歡他，問他喜不喜歡妳啊。」涂晶晶說得輕鬆，好像這是很簡單的事情。

「可是我……」

「眞是的，妳在害怕什麼啊！」涂晶晶用力拍了拍我的背，「要有甜美的收獲，就必須要先付出，縱使妳的勇氣比螞蟻還小，也要擠出來！」

看著涂晶晶認眞的臉，我笑了出來，「好痛喔。」

「哼，有自信一點啦，春日一定是喜歡妳的，只要妳先跨出第一步就好。」說完，她挖了一大口冰放進嘴裡，感受直衝腦門的冰凍感。

跨出第一步啊……好吧，我是該讓向春日知道。

不然周邊的朋友都知道了，最該知道的那個人卻不知道，這好像是人常犯的通病。

我和涂晶晶在花之冰店門前揮手道別，一個人來到公車站牌，果不其然，看見常大爲坐在那裡。

「喂，常大爲，現在已經沒有粉絲會跟蹤你了，怎麼還是這麼晚才來等公車？」我一屁股坐在他身邊。

他拿出向我借的歷史課本還給我，我瞄見他書包裡還有其他課本，而且好像有另一本歷史課本，我湊過去想看清楚，常大爲卻迅速蓋上書包。

「喂，你裡面還有其他課本啊，我看一下。」

「不要。」他將書包拉遠。

「我看一下啦！」我拉著他的書包背帶。

「就說不要。」

「你眞的很小氣欸！」我怪叫著，然後聽見腳踏車輪轉動的聲音。

「黎莌。」向春日冷不防出現在我們身後，他的表情有些五味雜陳，我才發現自己和常大為貼得很近，我立即往後跳開一步。

「嗨、嗨！你怎麼走這裡？你家不是在另一個方向嗎？」我大聲對他打招呼，想轉移尷尬情緒。

「我們去那邊的飲料店討論社展。」他指了指後面的飲料店，然後掛起曖昧的笑容看著我和常大為。

「幹麼啦！」我討厭他用那種表情看著我。

「沒什麼，我要回去了，明天見。」向春日竊笑著。

「向春日，你不要亂想！」聞言，而他只是擺擺手，掛著笑容踩上單車過了斑馬線。

「他的態度不像是喜歡妳。」常大為說出我這幾天的煩惱。

我坐回他旁邊，「我也覺得。」

「就算不是喜歡妳，至少不討厭妳。」

「我跟他畢竟是好朋友，他怎麼可能討厭我。」我嘆一口氣，「我是不是應該告白？」

常大為挑了眉毛，「為什麼不？」

「我也不知道。」

看著我垂頭喪氣的模樣，常大為吐了一口氣，「雖然告白有失敗的風險，但同時也提高了成功的機率。」

我抬頭看了他。

「什麼都不說，彼此猜心，再用自以為的想法來誤會事實，可能會導致錯過。而告白最大的好處，就是藉由自己的嘴巴說出想表達的心意，同時可以直接看見對方的表情及反應，就算被拒絕，必定也會在對方心裡留下印象。總歸來說，告白比暗戀好。」

我瞪大眼睛，不由得拍起手來，「天啊，常大爲，你第一次講這麼多話耶！」

他沒好氣地給我一個大白眼，這表情也很新鮮，我笑了起來。

「好吧，我會告白。」吐了一口氣後，我這麼決定。

「嗯，加油。」他說。

我輕笑一聲，看見對面一整排行道樹頂上開滿一叢叢黃色花朵，我站起來往身旁的樹梢看去，常大爲也順著我的目光看向同一叢黃花。

「好漂亮，這是什麼花啊？」我在這邊等公車一年多了，現在才發現這麼美麗的花。

「台灣欒樹。」

「樹？樹也會開花啊？」我一臉天眞，常大爲無奈地嘆口氣。

「仙人掌也會開花妳知道嗎？」

「眞的假的？」我又驚呼。

他再次對我無語，接著露出一個本該是賊笑卻變成苦笑的表情說：「妳只忙著抬頭看太陽吧。」

然後我的臉就像熱浪來襲般，燥熱得都快晒傷了。

今天早上我比平常早半小時起床，在鏡子前花了十五分鐘綁馬尾，然後偷偷塗上睫毛膏及腮紅，並且擦了唇蜜。

為了不想讓媽媽發現自己偷化妝而被問東問西，我快速離開家裡，朝學校奔去。

我一面想著要如何對向春日開口，腳步不自覺地往河堤走，反正時間還早，我坐在河堤邊看著波光粼粼，對面學校的倒影在湖面上清晰可見。

「發呆？」常大為的聲音又突然出現。

「怎麼到哪裡都可以遇到你啊？」我不是抱怨也不是不耐，只是純粹疑問。

常大為沒回答，坐到我旁邊一起看著湖面。

「我喜歡你。」

「啊？」常大為難得發出這麼大的聲音，睜圓眼睛看向我。

「我如果這樣說，會不會很沒創意？」我看電視與漫畫裡的女生都是這樣告白，連我都覺得老套了，常接受告白的向春日一定更覺得老套。

常大為聽懂我的意思後，視線轉回湖面上，表情變得古怪。

「妳決定今天要講？」

「速戰速決。」

「然後你們就會交往了吧。」

我心臟一縮，「不然為什麼要告白？告白的目的就只有交往或被拒絕，不是嗎？」

沒想到常大為卻搖搖頭，「還有一種，就只是單純想讓對方知道自己的心意，不強求在一起，也不會變成陌生人。」

「這很難吧，嚴格說起來，沒被接受就是被拒絕啦。」

常大為又搖頭，「兩者不一樣，有差距。」然後他站起來拍拍褲子，「有些人告白，並沒有目的。」

「那這樣告白做什麼？」我跟著起身。

「剛說了，只是要讓對方知道。」

「這樣很不負責任啊，把自己的感情丟給對方，然後又不要對方的回答，自己說出來是輕鬆了，可是對方的心情呢？」

常大為停下腳步，側過頭來看我。

「然後自己又用以往的態度跟對方相處，把疙瘩留在對方心底。」我走到常大為旁邊拍拍他的肩膀，「這樣不是給喜歡的人帶來困擾嗎？」

「很會說嘛……」常大為喃喃說著，不忘補我一刀，「所以妳決定要告白，為了就是這樣，被拒絕或是在一起？」

「我只是不想再這樣瞎猜而已。」

與其每天和涂晶晶討論向春日的行為到底是不是喜歡我，或是猜測也許他只是在害羞，不如直接講清楚。

「妳加油吧。」常大為淡淡地說。

然後我又看見人行道兩側的樹木，好幾叢漂亮的黃花搖曳綻放，雖然不像日本一整條櫻花大道那麼令人驚豔，但是這樣的景象也很美。

我記得這種樹……昨天才問過常大為，今天馬上就忘記名字。

「喂，常大為……」回頭，對上常大為的眼睛，發現他正凝望著我。

就在他的眼神快讓我感到不自在的時候，他才開口說：「所以妳今天才化妝。」

「稍微打扮一下。」我乾笑幾聲。

「嗯。」

然後我們一前一後往學校走去，結果因爲突如其來的莫名尷尬，讓我又忘記問常大爲那些樹叫什麼名字。

體育課時，我告訴涂晶晶今天的計畫，她既沒有反對也沒有同意。

「我以爲妳會很興奮。」我難掩失望。

「我當然祝福你們，只是……」涂晶晶嘆了好大一口氣，「如果你們在一起了，那三人行就變成兩人世界，我會很孤單。」

這句話怎麼種有既視感？

「這有什麼好擔心的，妳永遠都是我最要好的朋友啊。」我笑著抱住她。

「永遠吶……」

「怎麼了？」

涂晶晶一陣感慨，「我喜歡永遠這個詞，但永遠又是多久呢？」

「什麼啊？永遠，就是一輩子吧。」

「可是一輩子那麼長，中間會發生什麼事情都不知道，怎麼能那麼輕易掛在嘴上呢？」

「晶晶，妳是在懷疑我剛剛說的話嗎？」我有些難過。

「不是啦，我只是突然很感慨，去年的現在，我還一直認爲自己永遠都會喜歡春日，可是現在，我卻不那麼覺得了。」

看著她的側臉，我思索了一下，「隨著年紀越大，好像越不會把永遠掛在嘴上，因爲漸漸知道世界上沒有永遠。永遠雖然很不實際，但我們在說永遠的當下是很眞心的啊，未來會發生什麼我們不知道，可是當下我們是知道的。」我轉向涂晶晶，認眞地握著她的手，「妳喜歡向春日的心情是認眞的，而我說想永遠和妳當好朋友也是認眞的，我們可以努力把這些話變成永遠。」

明明是這麼讓人感動的一席話，涂晶晶聽完卻噴笑出來，而且笑得很誇張，害我覺得自己剛說的話很白痴。

「意思是說，我可以繼續喜歡春日？」

「啊？我……我不是那個、嗯……」急於解釋的我看起來很可笑，涂晶晶又笑起來。

「開玩笑的啦，總之我支持妳，如果結局注定是失戀，那我只能接受春日跟妳在一起。」

結果我們兩個喜歡向春日的女生在這邊猜來猜去、讓來讓去、互相鼓勵來鼓勵去，卻忘了最重要的一點，就是向春日的心情。我們都擅自認定他喜歡我，然而他從來沒說過類似的話。

我不想跟其他人一樣，把向春日約到體育館後面告白，最適合黎莌的方式，就是放學時間。

「加油，等妳好消息。」放學時，涂晶晶輕聲在我耳邊說，眨了眨眼爲我打氣後，便轉身和向春日說再見。

這下子搞得我更緊張，收拾書包的手控制不住顫抖。

「黎莌，妳在等人嗎？」從外面進來的向春日看見教室裡只剩我一個人。

「沒啊，差不多要回去了。」對啦，我就是在等你。

「是嗎？」他又露出曖昧的笑容，「我看見死魚眼也還在教室，你們最近不是都一起上下課嗎？」

「那是剛好遇到的！」我立刻回話。

「幹麼這麼激動？有鬼喔！」我喜歡他的笑容，可是這時候，卻覺得他笑得很機車。

「是眞的！」我咬著下唇。

他見我這樣，湊到我面前，「好啦好啦，不開玩笑了，別生氣啦。」他的大手毫不客氣地捏住我的雙頰。

「喂，你是不是以爲我喜歡常大爲？」他捏著我臉頰的手頓了頓。

「死魚眼也沒什麼不好啊，雖然陰沉了點，好歹也是品學兼優的帥哥，想必是績優股。」向春日不正經地說。

「我沒有喜歡常大爲。」我拍掉他的手認眞且大聲地說。

向春日原本在笑，卻突然有些詫異地看向我後方。

我轉頭，見常大爲正經過走廊，他沒有往我們這裡看，也沒停下腳步，等他離開我的視線後，我聽見他下樓梯的腳步聲。

「黎莌，妳快去追他啊！解釋清楚妳剛剛只是害羞，其實妳是喜歡他的。」向春日過來推著我的背，還一手拿起我的書包，我的腦袋卻一片空白。

「向春日，我剛說了，我沒有喜歡他。」

「啊？眞的假的？」向春日狀況外的表情，讓我領悟到另一件事實。

他沒有喜歡我。

是涂晶晶誤會了，我也誤會了。

那我還要告白嗎？如果我說出口，向春日會不會用之前對待涂晶晶的態度對我？會不會擺出冷淡的臉色給我看？

一想到向春日冷漠的表情，我便退縮了。

「眞的啦，反正就是這樣。」

「那我誤會好久了，我一直以爲你們兩個在曖昧。」向春日拍著自己的額頭，而我卻難過得要命，還要強端起微笑。

「向春日……」

「怎樣？」他背起書包。

「沒什麼。」

「但我覺得死魚眼喜歡妳。」下樓梯的時候，向春日忽然開口。

我回以一個無力的笑容，說了句不可能。

我覺得、我以爲、我認爲，這些以自我意識出發的感覺，眞的會害死人。以前向春日只黏我、只接近我，所以讓我以爲，也讓涂晶晶覺得，向春日喜歡我。

可是看見他剛剛的表情，我瞬間明白了，不管向春日給了我們怎樣的錯覺，都不是我們以爲的那樣。

我咬著下唇，覺得自己自作多情，可笑極了，但同時也感到深深的悲傷，向春日一直把我跟常大爲當成一對，代表他從沒把我放在心上。

「黎莞，妳還好吧？」在停放腳踏車的地方，向春日有些不安地問。

「沒事，明天見。」多停留一秒都讓我感覺無地自容。

過馬路時，我看見常大爲坐在公車站候車亭裡的身影，在候車亭裡的常大爲也看見我了，我步履闌珊地走到公車站牌。

「喂，常大爲，你剛聽見了嗎？」

「什麼？」

「沒什麼。」坐到他旁邊的椅子上，我大嘆一口氣。

「失敗了？」他幽幽地問。

「雖然我根本沒告白，但算是失敗了。」

常大爲萬年冰山的臉出現了一絲崩坍，他睜大眼睛看著我，「怎麼會？」

「因爲……」我斷斷續續說出自己的自作多情，以及向春日對於我和常大爲的誤會……聽我說完後，常大爲深吸一口氣，我等著他發表感想，他卻久久不發一語。

「喂，說些什麼啊。」我用手肘頂了他。

「所以妳就要放棄了嗎？」

我一愣，「我沒那麼想。」

「那妳在沮喪什麼？」

「因爲我一直以爲他喜歡我，沒想到不是那樣，我只是覺得很丟臉，很難過。」原本並不想哭，結果這些心裡話一說出口，我的眼眶便控制不住盈滿淚水。

「那七號有喜歡的人嗎？」

「我不知道，但應該沒有。」向春日在學校都跟男生玩在一塊兒，唯一親近的女生就是我和涂晶晶。

「這樣不就好了。」常大爲挑眉。

結果被他這樣一講，我好像也沒那麼在意了。

「喂，常大爲，每次跟你講話，就覺得我的煩惱宛如塵世中的一粒沙，很微不足道。」

「什麼噁心的比喻。」常大爲扯扯嘴角，我則是笑起來。

「反正就只是回到原點，我們還是三人行。」我站起身對駛近的公車招手。

上車時，我轉過頭對常大爲說再見，卻發現他手插口袋，像我第一次看見他那樣，以悠遠又虛無的眼神望著我。

「人類是很貪婪的。」

公車門關上，我對他揮手，看著他的身影隨著公車駛離，越變越小。

我傳簡訊過去，問常大爲剛剛那句話是什麼意思，一向話少的常大爲在回簡訊的用字也如出一轍，只回了一個字，「沒。」

後來常大爲沒有再提起這個話題，我也比較少和他討論向春日的事情了。

我們三人行也跟以往一樣，音樂課坐在一起，下課一塊閒聊，放學偶爾一起吃冰。向春日仍然會牽著他的腳踏車陪我走到公車站牌，鐵鍊轉動的聲音搭配他的腳步聲與笑聲，那種相處氛圍讓我感覺很幸福，而我也認爲這樣就夠了。

涂晶晶很訝異我居然沒告白，我也沒對她解釋這一切純屬誤會，總覺得太過難堪，我寧願讓涂晶晶一直誤會下去。

久了我也就忘記常大爲說過的那句令人有些不解的話，我一樣每天放學都會在公車站牌遇見他，偶爾我會繞去河堤看看風景，而常大爲也總是會出現那裡。

向春日時不時還是會調侃一下我和常大爲的關係，我總是打馬虎眼地跳過這個話題。涂晶晶曾拉著我想問個仔細，卻被我打太極推開。

然後就在常大爲持續跟我借了快一個學期的課本後，寒假收到的期末考成績單出乎意料地漂亮，讓媽媽差點要流著眼淚拿去裱框。

所以我一面得意洋洋地接受爸媽獎勵的大紅包，一面傳簡訊跟常大恩人道謝。

「沒什麼。」

至少常大恩人這次的簡訊比上次多了兩個字。

放了兩個禮拜左右的寒假，馬上又要寒假輔導，以前國中最討厭放假時還得來學校，可是現在雖然課業變重，但只要能見到向春日，我就巴不得輔導課快點到來。

第七章

我不認為為了讓喜歡的人喜歡自己，而做出的努力是低聲下氣。

寒假輔導第一天，老師便洋洋灑灑在黑板寫上課程進度表，並且在右上角寫了「365」這組數字。

「你們已經是準考生了，從今天開始倒數。」說完還用力拍了黑板一下，很有氣勢。

全班哀鴻遍野，我當然也參與其中，大聲慘叫，結果卻發現向春日衝著我發笑，我趕緊閉上嘴巴坐正。

「妳剛剛好好笑。」下課的時候，向春日坐在我前面的座位上，模仿我剛剛發出慘叫的動作，「妳上學期成績還不錯啊。」

「終於進步到校排一半之前了。」我故做鎮定。

「多虧死魚眼是吧？」又是那種曖昧的笑。

「春日，你不要再拿常大爲的事情來逗黎莐了。」涂晶晶拿著礦泉水，不懂爲何該喜歡我的向春日這麼想把我往外推。

我拉了拉她的裙角，使使眼色道：「無所謂啦，沒有的事情不怕人講。」

「可是……哎唷！」涂晶晶還想說什麼，我捏了一下她的大腿，她吃痛地喊了聲。

「幹麼啊？妳們怪怪的喔。」向春日怪叫。

「你才奇怪！」涂晶晶揉著大腿，忿忿地瞪著他。

「我又怎麼了？」向春日不解。

「別說這個，向春日，你生日快到了，有想要什麼禮物嗎？」我扯開話題。

「最近新上市的遊戲一直買不下手，那就謝了！」他雙手合掌對我露出討好的笑容。

我白了他一眼，「別想！那個好幾千塊！」

「小氣欸！」

「生日是三月吧，放完寒假的第一個禮拜。」涂晶晶翻著行事曆說。

「到時候開個小慶祝會吧，如何？」我提議。

「有人爲我慶生當然好啦。」向春日哈哈笑著。

「講眞的，你想要什麼禮物？不過要我們兩個負擔得起的。」涂晶晶勾上我的肩膀，我們用力眨著眼睛盯著向春日看。

他歪頭想了半天，「我還眞想不出來，沒什麼特別想要的。」

「想到時記得告訴我們。」涂晶晶說完喝了口水。

向春日點頭，這時後方的男生吆喝著要一起去外面打球。

「晶晶，妳礦泉水給我。」然後他一把搶過她的水離開教室。

等向春日他們的聲音消失在樓梯間後，我決定解開涂晶晶的誤會，現在講清楚總比她哪天亂說話好。

「向春日沒有喜歡我。」

「啊？怎麼可能？」

「妳小聲點！」我瞪了她一眼。

「可是、可是他應該是喜歡妳的啊！」涂晶晶雖然壓低聲音，但依然引人側目，我只好拉著她往外走到樓梯邊。

查看四周無人後，我才緩緩說道：「他沒有喜歡我。」

然後又說了一次那天我打算告白的經過，涂晶晶聽完後歪著頭，完全不能理解。

「我猜，也許是之前妳喜歡向春日的關係，所以觀察才會失準，因爲妳的心本來就偏了啊，又怎麼有辦法站在客觀的立場看這件事？」

「不能否認妳說的確實是有可能……可是我眞的是那麼以爲，因爲春日對妳很溫柔，和妳的相處幾乎到了沒有距離的地步。」

我咬著下唇，緩緩搖頭，「他現在對妳不也是一樣？」

以前向春日會拿我的飲料喝，會叫我留下來看他打球，會黏著我問東問西，那只是因爲，涂晶晶喜歡他。

向春日要劃分出距離，要讓涂晶晶知道她沒有機會，所以他才會只黏著我；然而現在，涂晶晶已經放手，所以向春日對涂晶晶的態度又回到以往那樣。

我們都記得，剛升上高一的時候，向春日對每個女孩都很好也很溫柔，都給了她們無限的遐想空間，可是等到女生們一個個喜歡上他後，向春日就慢慢遠離。

最後只剩下我跟涂晶晶，那時候涂晶晶隱藏得夠好，而我還沒意識到自己喜歡他。

「唉，糗大了。」涂晶晶嘆氣。

我聳聳肩，其實也沒關係，反正就這樣嘛！

「不過我覺得還是告白好，不管怎樣，妳比我有機會多了。話說回來，常大爲跟妳……」

「妳別跟向春日一樣胡鬧，我們只是普通朋友。」

「普通朋友？黎莐妳也滿遲鈍的。」

「妳不要亂猜了，光向春日還不夠啊。」我沒好氣地站起來，涂晶晶巴上來纏著我道歉，我們就這樣一路拉拉扯扯地回到教室。

一道熟悉的身影站在我們班教室後門，我和涂晶晶對看一眼，她竊笑著戳戳我的臉頰，一溜煙先回到教室裡。

「常大爲，這一次是要借什麼課本啊？」

「地理。」他轉過來，臉上有著難得的笑容。

「你今天遇到什麼好事了嗎？」

「跟平常一樣啊。」

「可是你在笑呢。」

「有嗎？」他抹了把臉，變回面無表情。

我也懶得管，回到教室拿課本給他，「記得寫上筆記唷。」

他點頭，走回隔壁班教室。

上課時，涂晶晶丟來一張折成愛心形狀的紙條，總覺得有不好的預感，打開後，果然又是那句——我想常大爲眞的喜歡妳。

結果就因爲這樣，我突然很生氣，氣到不想跟涂晶晶說話。

體育課時我一個人坐在一旁的樹蔭下，涂晶晶要補考投籃，所以在場上練習，向春日正在一旁指導她的動作。

遠遠看著他們兩個有說有笑，縱然我知道他們之間只是朋友關係，內心卻不免感到有些酸澀，然後我意識到以前的涂晶晶是否就是這樣的心情？

「偷懶？」若是在公車站牌或是河堤，常大為的聲音忽然出現我覺得很正常，這時候卻嚇了我一跳。

「哇！」我大叫一聲，場上的涂晶晶和向春日聞聲同時看過來。

「幹麼？」常大為瞇著眼，摀住耳朵。

「你嚇了我一跳。」我看見向春日在涂晶晶耳邊不知道說些什麼，兩人露出討人厭的笑容。

避開他們的眼神，我看著常大為問：「你怎麼會在這裡？」

「跑腿。」他指了指放在旁邊地上的教學器材。

「是喔，還眞是好學生呢。」我感受到向春日他們刺眼又曖昧的眼神，讓我整個胸腔瀰漫一股悶氣，非常不舒服。

「七號和女生不尷尬了？」

「對，因爲女生放棄了。」我深吸一口氣。

「七號一直在看這邊。」常大爲彎腰拿起地上的器材，「掰。」

常大爲還沒走遠，我就轉過頭看了場上的向春日他們，他對我比了一根拇指，曖昧地笑著，涂晶晶則有些尷尬。

有什麼事情比一直被喜歡的人推出去還要慘？

但比起讓向春日誤會，我更不想要他用冰冷的態度對待我。以前我還說，當假裝是雲的向日葵很悲哀，可是現在我不就是這樣。

原來所謂的永遠，根本不存在。

我忽然感覺有些疲倦，眼睛快要闔上，眼前的向春日和涂晶晶變得好模糊。

我腦中忽然浮現出黑板上的倒數天數，我意識到一個事實——我們快要畢業了。

雖然距離畢業還有一年的時間，但一年後的今天，我們三個還是會維持跟現在一樣的關係嗎？

向春日身邊會不會有其他人出現？

而我們的友情又能維繫到什麼時候？

那時候我仍在單戀？還是已經放棄？

是和向春日靠近了些？還是疏遠了點？

「雖然告白有失敗的風險，但同時也提高了成功的機率。就算被拒絕，必定也會在對方心裡留下印象。總歸來說，告白比暗戀好。」

常大爲的聲音驀地迴盪在我的心中。

我的視線突然暗下來，好像有人遮住光線，常大爲的身影出現在眼前，他站在公車站牌下，面無表情地對我張口。

「人類是很貪婪的。」

我抓住他，問他這句話是什麼意思，他卻只是勾起一個不像他的微笑，然後他的臉慢慢往下垮，變成我的臉。

「妳想要什麼？」

我沒有想要什麼，只要一直在向春日身邊，只要向春日身邊的人一直都是我。

「人類是很貪婪的。」

我一愣，抬頭看著自己的臉，然後緩緩流下淚水。

「黎莌？」向春日的聲音在我耳邊響起，我一愣，四周的景物漸漸模糊，連同眼前我的身影也慢慢消失。

張開眼睛，只見向春日的臉離我好近。

「妳還好吧？」

後腦很痛，我轉動眼珠，發現自己躺在保健室的床上。

「妳也太誇張，竟然暈倒了。」他放鬆一笑，坐在床邊，「晶晶去找保健老師了。」

「我暈倒了？」

他點點頭，我怎麼一點印象也沒有？

「是死魚眼跟妳說了什麼嗎？」

怎麼好端端的又提到常大爲？

「他一走，妳過沒多久就暈倒了。」忽然向春日瞪大眼睛，「難道他甩了妳？」
「向春日……」
「要不要去叫他過來？你們應該好好談談。」向春日來回踱步。
「向春……」
「啊，還是妳甩了他？他做了什麼對不起妳的事情嗎？」
「向……」
「沒關係，我這就去找他。」
眼看他就要飛奔出去，我用力大吼：「向春日！」
他停下腳步，轉頭看我。
「你要我說幾次！我沒有喜歡常大為，你跟晶晶卻一直把我們兩個湊在一起！」可能因為剛剛的夢，也可能因為我看見他和晶晶玩在一起，我的眼淚流了下來，落在手背上。
「黎菀……」向春日被我嚇到，靠了過來，「對不起，我不是故意……」
他拍拍我的肩膀，靠我好近好近，我的臉一度可以感受到他的呼吸。
向春日身上獨有的味道，擴散到了我身上。
然後像是突然著了魔一樣，我抱住向春日，然後大哭起來。
他沒有推開我，大手僵硬地在我背後輕拍，這一刻，我不想放開。
常大為那句話在我心中縈繞，人類是很貪婪的，一無所有時，只求有，一旦有了，卻想要更多。
我不想要只當向春日的朋友，我不想要只當最接近他的女生。

我想當他的唯一。

就算他會困擾，就算我只是將感情丟給他，至少可以讓他明白，我不是雲，而是向日葵。

「我沒有喜歡常大爲。」

「好啦，我知道了，我發誓以後不會再拿死魚眼的事情開妳玩笑了。」向春日尷尬的聲音在我耳邊。

「我喜歡你。」

向春日渾身倏然僵硬，我抱緊他，再說了一次：「向春日，我喜歡你。」

我想過最糟糕的狀況，向春日會用冰冷的眼神看著我，或是用力將我推開，我做好心理準備了。

然而向春日只是笑了幾聲，兩手緩緩拉開我，用一種很陌生的臉看著我笑，「黎莯，妳還好嗎？」

「我說我……」

「黎莯，妳沒事吧？」他打斷我的話，認眞盯著我。

「我沒事。」我垂下眼睛，他的手放開我的肩膀，往後退了一小步。

不能退縮，如果現在放棄，剛剛的告白等於沒有用，我拉著他的衣角，不許他打馬虎眼。

「向春日，我喜歡你。」

這一次，他收起笑容，帶著有些疑惑氣惱的眼神看著我，「爲什麼？」

沒想到他會問為什麼，我一愣，「哪有什麼原因？」

「為什麼要喜歡我？」向春日皺眉。

「我哪知道為什麼！你應該有別的話可以說吧！」

「黎莌……我一直以為妳喜歡常大為，所以才會跟妳親近。」他垂著眼，拉開我的手。

「這是什麼意思？」

他不打算解釋，轉身就要離開，我立刻跳下床要拉他，卻踩到床單絆倒了自己，整個人趴在地上。

雖然很糗又無地自容，至少成功將向春日引回來，他嘆著氣扶我回到床上，我則趁機拉住他的手。

「向春日，你不能就這樣走掉，我說了喜歡你，就算是拒絕，你也要好好地對我說。」

他盯著我看了很久，表情終於如冰山初融，透出一絲笑容，「妳眞的很麻煩。」

我想起涂晶晶曾說過，每次向春日接受告白的時候，總是會嘆氣，雖然他很受歡迎，他卻從來沒有因為被告白而感到高興。

「我國中交過很多女朋友，交往時間都不長，最長三個月，最短一個禮拜。」向春日坐在床邊淡淡地說。

「來者不拒？」

「去者不追。」他笑著接話，「來告白的女生只要長得可愛，我幾乎都會答應。」

「可是你高中就沒這樣。」而且來告白的女生條件都還滿不錯的。

「是啊。」他聳聳肩，「因為，我不知道什麼是喜歡。」

「啊？」

「國中的時候，那些女生分手的理由都是『我覺得你不夠喜歡我』。」

我想起他之前在花之冰說過，都是他被甩。

「你爲什麼不喜歡她們？」

「重點就是，我並沒有不喜歡她們啊。」向春日嘆氣。

他轉過來苦笑地看著我，一臉無奈，「我還滿重視女朋友，只要不是太誇張的要求，我幾乎都會答應，我也把女朋友的重要性放在朋友前面，更別說每個禮拜固定約會，甚至我連在學校都跟女朋友黏在一起。」

「你會這樣喔？」我想像不出來向春日交女朋友的樣子。

「我會這樣啊。我把女朋友放第一位，電話也沒有少打，可是每次女生分手的理由都一樣，抱怨我不夠喜歡她們。我一直認爲我是喜歡她們的，她們卻不那麼認爲。」

「或許是……你和其他女生太親近了？」

向春日搖頭，「女朋友若要我別和其他女生講話，我理都不會理別的女生。」

「眞假？」這也太極端了，向春日卻用力點頭。

「我認爲這樣就是『喜歡』，她們卻認爲『不夠喜歡』，所以我不明白，到底是她們要求太多，還是我眞的沒有喜歡過她們。」向春日抓了抓後頸，有些尷尬地看著我，「所以我高中後才不接受任何告白。」

外頭學生們在操場上奔跑的喧囂聲塡滿我們之間的沉默，向春日低頭不發一語，我看著他的側臉，緩緩說著從剛剛的話裡所推論出的結果，「如果，你國中時沒有發生那些事情，現在我跟你告白，你會選擇跟我交往嗎？」

向春日微微側頭看我，露出不可置信的表情，「現在是問這個問題的時候嗎？」

「不是嗎？」

向春日嘆口氣，「也許吧。」

聽完我眼睛一亮，「所以我並不是沒有機會！」

「我是說以前，」向春日立刻糾正我，「我從來沒有因爲喜歡上誰而進一步交往，都是對方跟我告白而我不討厭所以交往，交往後我喜歡上對方，對方卻沒有感受到我的喜歡，總是這樣重複。」

「我知道，所以我沒有要你跟我交往。」我小心翼翼地伸出手拉住他的衣角，停頓一會兒確定向春日沒有甩開的打算後，才繼續說：「我只是希望你別用之前對待晶晶的態度對我。」

這句話一說出口，我腦海自動浮現出向春日冷漠的表情，結果眼淚就不聽話地流了出來。

「喂，不要哭啊，女生流眼淚什麼的最卑鄙了。」向春日手忙腳亂地從旁邊抽了幾張衛生紙塞給我。

「我又、又不是故意的。」我抽抽噎噎地擦掉眼淚，忍住不哭，這種時候眼淚固然能使男人心軟，但就像向春日說的，很卑鄙。

我不要用這種手段。

擤了一個好大的鼻涕後，我才又說：「我沒有要你接受我，但也不要冷淡對我，也許，你可以試著像以前那樣跟我相處，只是知道我喜歡你。」

搓著手指頭，我越說越小聲，「然後也許……也許你可以慢慢喜歡上我。」

我的天啊，這句話簡直是掐著我的心臟才有辦法說出口，我的額頭不斷冒著冷汗，我努力維持冷靜理性的態度說話，可天知道我已經快要暈倒了！

接下來是好長的一段沉默，我不敢看向春日的臉，只是緊掐著手，在內心乞求祖先和上帝讓向春日給我一個機會。

「我到處都找不到老師。」結果先打破沉默的不是我也不是向春日，而是氣喘吁吁拉開門的涂晶晶，「欸，妳醒了？沒事吧？」

向春日站起來讓位給涂晶晶，她的手在我臉上亂揉，「喂，妳臉有點紅啊，不會是發燒了吧？」接著手貼在我的額頭上，「額頭又太冰？妳陰陽失調了！」

我有些發愣發暈，傻傻地說了自己沒事，從床上下來穿起鞋子。

「確定沒事了？」涂晶晶有時候神經也滿大條的，絲毫沒發現我和向春日之間的氣氛怪怪的。

「沒事了，我們回去上課吧。」我想，這件事大概會被向春日打哈哈帶過去吧。

「黎莌。」忽然向春日喊了我的名字。

我原本正在穿鞋，抬起頭看了他一眼，卻意外看見向春日對著我笑，像以前那樣的笑。

「我知道了，就按照妳說的那樣吧。」

他的笑容像是吸飽了陽光般，讓我一陣恍惚，我張大嘴巴，訝異不已。向春日見我的表情輕笑了聲，離開保健室。

「什麼東西啊？」涂晶晶丈二金剛摸不著頭緒。

「哇！」我尖叫著，然後抱緊她，在她臉上胡亂親著。

雖然我沒被向春日接受，但至少我前進了好大一步，這件事情讓我高興得幾乎想擁抱每個人。

不過這樣瘋狂的喜悅在看見常大爲站在我們教室後門時，突然退去。

常大爲的臉總是面無表情，很容易可以讓人心情冷卻下來。

「課本還妳。」他有些狐疑地看著我，「妳剛不在。」

「她剛剛暈倒了。」涂晶晶接話，這是她第一次跟常大爲說話。

常大爲的眼睛略微睜大，上下打量我，沒說出口的詢問從他眼神中流露出來，我搖搖頭

跟他說：「沒事啦，缺氧吧。」

接過他的課本，順便將涂晶晶推回教室，常大爲「呃」了聲，我轉過頭看著他，「再來

是歷史課吧。」

他有些愕然，我好笑地說：「你跟我借課本已經借到我都記住你的課表了。」

「是喔。」依然是省話一哥，他卻笑了起來，那種笑容很溫柔，我從未見過。

放學後一如往常，我在公車站牌下和常大爲閒話家常，但今天因爲我過於亢奮的態度讓

他起了疑心，在他連續挑眉三次後，我忍不住和他分享這個好消息。

可是聽完我的分享後，常大爲的眉頭卻更蹙得更緊。

「這樣開心嗎？」

「當然啊。」

「低聲下氣去求來似的。」

「怎麼會？那是機會，至少我和以前那些告白者不一樣，向春日給了我機會。」我雙手環胸，「這才不是低聲下氣。」

「我覺得是。」常大爲用鼻子哼了聲。

「隨便你怎麼想！」我氣呼呼地回應。我以爲他會爲我高興，而且我覺得自己很勇敢啊，至少我告白了，並且努力朝向春日喜歡的方向前進。

看見要搭的公車駛來，我起身招手，故意不跟常大爲說再見，上了車還坐到另一邊的座位，等車子開走後，我才看向窗邊，想當然已經看不見常大爲。

我因爲昨天的態度感到有些愧疚，於是一大早我來到河堤，想跟常大爲來個巧遇，不過等到上學快要遲到，依然沒見到他。也許他今天請假了吧，這麼一想，我便往學校去，卻在校門口看見常大爲從公車上走下來。

眞是難得，他居然坐公車，雖然他一開始繞遠路上學是因爲粉絲干擾到他的生活，但後來粉絲熱潮退去後，他依然維持繞道的路線走路上學，所以我很習慣如果想要找他，就會到河堤等他。

「喂，常大爲。」我在後面叫他，常大爲略微停頓了腳步，卻沒回頭繼續往前。

是沒聽見嗎？

原本想衝上去，但我聽見鎖鍊轉動的聲音，忽然間屏住呼吸，回過頭，只見向春日牽著腳踏車從校門進來。

我大口深呼吸後，揚起笑容對著他說：「早啊！」

他愣了愣，有些尷尬，我幾乎可以確定他原本打算直接越過我往前走，但他躊躇一會兒後，還是回了我聲：「早。」

「快點吧，今天早自習要抽考！」說完我便往教室方向跑去。

向春日還會尷尬，所以我不能逼他，畢竟是我要他跟我像以前一樣相處，就算他對我沒有喜歡的感覺，至少他昨天腦海中一定會想著我，這樣表示，他有把我放在心中。

我心裡漾起一股甜滋滋的感覺，像是《惡作劇之吻》裡頭的女主角琴子也是花了好幾年不怕丟臉不怕被拒絕，最後才贏得男主角入江的心，既然沒有一見鍾情的好運，就要更努力修來緣分！

我這樣對自己打氣，感到前景一片光明。

我將此事告訴涂晶晶，她訝異我的勇氣同時也稱讚我的作法，認爲向春日總有一天一定會被我攻陷。

「妳看嘛！春日本來就和女生保持距離，別說向日葵們，就連班上的女生他也一律是君子之交，唯一能靠近他的女生就我們兩個，而我之前連告白都沒有就被拒絕，換言之，妳就是最有機會也最靠近他的向日葵！」

涂晶晶的話讓我想到另一件事情，不由得垮下臉說：「如果當時妳有告白，並且跟我一樣勇敢爭取，那向春日說不定也會接受這個提議。」

「哎唷！」她打了一下我的頭，「有自信一點好嗎？」

我只是摀著頭，眨巴著眼望著她。

「我能保證，就算我說了跟妳一樣的話，春日依然不會理我。」涂晶晶抓抓後腦，瞥了一眼正在講台上和男生們談笑風生的向春日，「雖然妳算是被拒絕，但我還是覺得，春日喜歡妳。」

我翻了白眼，事實都擺在眼前了。

涂晶晶卻嘖了聲，「我是說真的，就像以前說妳喜歡他，妳不承認一樣，春日自己也還沒有察覺吧。」

「誰知道。」我伸了個懶腰，正巧和講台上的向春日對上眼，我們不約而同別開眼神，尷尬得不得了，我偷瞄講台上的向春日，發現他也耳根泛紅。

「是不是？曖昧！」涂晶晶胸有成竹地說。

一整天下來，向春日的確表現一如以往，既不躲著我，也不會冷淡對我，但我們之間的確有些小小的曖昧因子。

就這樣恍恍惚惚過了一天，放學後向春日和班上男生到球場打球，涂晶晶催著我跟上去觀看，但我覺得一整天下來也夠了，如果太黏他，可能會造成反效果。

「趁勝追擊啊！笨蛋！」涂晶晶插著腰，然而我還是跟她說了再見，懷著少女幻想來到公車站牌。

一直到上了公車快到家的時候，我才想起來，一整天都沒見到常大爲。

在背課文時，我看見國文課本書頁左下角那朵常大爲畫的向日葵，想起他好久沒來跟我借課本了。少了他的筆記，我寒假的小考成績總是不太理想，仔細想想，放學後在公車站牌也沒看見他了。

追究原因，應該是幾個禮拜前我跟他說向春日的事情，他說我低聲下氣，爲此我很生氣，現在想起來還是不太高興。

可是我更不喜歡和朋友這樣吵架，所以我傳了一封簡訊給他，「我不認爲想讓喜歡的人喜歡自己，而做出的努力是低聲下氣。」

結果常大爲連「喔」或「嗯」都沒有回應，也罷，關掉電燈，我爬上床睡覺。

隔天早上，我先繞到河堤去，想看看常大爲會不會在那裡，直到時針快指向七的時候我便放棄等待，朝學校的方向衝刺。

「哇！黎莯！閃開！」當校門口近在眼前時，我放慢腳步，結果聽見後頭急促的喊叫聲和煞車聲。

「呀！」轉過頭卻看見一台腳踏車朝我衝來，我嚇得尖叫，雙手擋在臉前，雙眼緊閉。

聽見向春日慘叫的聲音，也聽見腳踏車的碰撞聲，卻沒有意料中的撞擊與疼痛。

我微微張開眼，發現向春日和另一個男學生雙雙倒在地上。

「哎唷……」向春日哀叫著，我趕緊跑向他，蹲在他旁邊，發現他膝蓋處殷紅一片，鮮血直流。

「向、向春日，你、你沒事吧？天吶！痛不痛？」我緊張得舌頭打結，手忙腳亂拿出手帕，盡量放輕動作，把手帕蓋在向春日的膝蓋上。

「我煞車壞了，妳沒受傷吧？」向春日痛得呲牙咧嘴，衣服和頭髮凌亂不堪，手臉遍布擦傷。

「沒、沒事，你血流個不停，怎麼辦？」我的眼眶有些濕潤，雙唇因緊張而不斷顫抖。

「放心啦，小傷而已。」向春日的眼神有些奇怪，「妳去看看死魚……不是，常大爲有沒有怎樣吧。」

常大爲？我轉過頭，發現另一個男學生居然是常大爲，他坐在一旁的地上，一如往常面無表情，卻緊擰著眉，左手覆蓋在右手上。

「常、常大爲，你……」話還沒說完，就看見常大爲的指縫間滲出了血，我倒抽一口氣，趕緊從書包裡拿出衛生紙想幫他止血。

「不用了，我腳可以走，我去保健室就行。」常大爲從地上爬起，沒正眼瞧我，逕自往學校走。

我原本想叫住他，但看見一旁向春日的腳踏車車輪已經變形，不由得打了冷顫，可見這撞擊力道有多大。

「昨天煞車就怪怪的，我想說今天放學再去檢查，沒想到遇到下坡就突然失靈了。還好沒撞到妳，不然後果不堪設想！」我使力想將向春日扶起來，卻顫抖得一點力氣也沒有，向春日坐在地上，殷紅的血染濕了手帕。

「我、我找人幫忙。」轉身之際，向春日卻拉住我。

「對不起。」

「沒關係，你沒有撞到我。」我仍然控制不住顫抖，下一秒，一隻手突然伸過來拉起向春日，強而有力卻不粗魯。

「常大爲？」只見常大爲用左手拉起向春日，並將他的手橫跨在自己的肩膀上。

「我來扶他，妳牽腳踏車。」常大爲像是命令般的口吻有些冷漠，看著我的眼神卻很柔軟。

「你的手沒事吧？」向春日皺眉，我看見常大爲的傷口，想拿衛生紙替他擦拭，卻再一次被常大爲拒絕。

「妳牽腳踏車就好。」常大爲說完，撐著向春日往學校方向前進。向春日單腳跳著，回頭看我一眼，那瞬間的眼神有些複雜。

於是，一個手流血的榜首加一個腳流血的風雲男，配上一個牽著變形腳踏車的普通女孩，在校門口受到教官的關切後，立刻迅速移動到保健室。

所以現在，常大爲的手包了厚厚一層紗布，食指也用手指夾板固定起來；向春日的傷勢比較嚴重，因爲他在快撞到我時將車頭扭開，整個人在地上翻了一圈，最後腳還撞到一旁的公車站牌，流了很多血。

「我先回去上課了。」常大爲站起來，背起書包就要往外走。

「喂，常大爲。」我喊，聲音帶著顫抖。他頓了頓，卻沒回頭。

「你再來是地理課吧，課本……」我轉身翻找書包。

「不用了，我自己有課本。」常大爲說完跟老師微微行禮，便關上門離開。

他今天跟我說了兩次不用，闊別多日後第一次講話，居然如此冷漠，我有些不能適應。

「你先在這裡休息，建議晚一點請假去醫院檢查看看骨頭有沒有受傷。」保健室老師爲向春日處理好傷口，轉身就要離開，「一年級學生有人肌肉拉傷，我過去看一下，妳在這裡陪他，等我回來。」

我點頭，保健室老師拿起急救箱離開。

結果，我的眼淚還是忍不住掉了下來。

「別哭啊，妳又沒受傷。」向春日苦笑了聲，大手伸過來拍拍我的頭，我則是順勢倒在他的肩膀上。

向春日愣了愣，倒也沒有拒絕，手繼續輕拍著我的背，就這樣我抽抽噎噎地哭了一會兒，向春日也這樣抱著我一會兒。等我冷靜下來後，才不好意思地往後退了一步，傻笑兩聲坐在旁邊。

「嗯……謝謝你。」

「謝什麼？」向春日不解。

「就是……扭開龍頭，自己摔傷，沒讓我受傷。」我低下頭。

「喔……的確我是這麼做沒錯，但本來就是我煞車壞掉……」向春日頓了頓，嘆口氣似地說，「可是死魚眼卻突然衝出來保護妳。」

「啊？」我以爲常大爲只是倒楣正好經過。

「在我快要撞到妳、扭開車頭前的那一瞬間，死魚眼不知從哪兒跑出來，伸手想扭開我的車頭，所以他手才受傷。」

我腦中一片空白。

「嗯……雖然目前我似乎講這樣的話有點不妥，可是……死魚眼他可能……」

「我想常大爲眞的喜歡妳。」

涂晶晶的聲音，驀然在我腦海中響起。

第八章

別人說，愛情有時效性，但我想相信沒有。

當然，向春日還算是有長眼睛，沒有說出他的猜測，但我知道他的言下之意，所以我也只是淡淡地回了句：「別多想。」

等到保健室老師回來後，向春日便早退就醫。涂晶晶一邊擔心向春日的傷勢，一邊向我澄清她對向春日已經沒有感情，只是基於朋友的關心。

我好幾次走到B班門口想找常大爲，卻又臨陣退縮。我想常大爲右手受傷應該無法抄筆記，所以我相當難得在上課時用了十二分的專注力，認眞聽課抄筆記，一方面幫向春日，一方面也幫常大爲。

放學時，我站在B班教室後門等著，直到學生幾乎快走光，才看見常大爲慢吞吞地從裡面出來。

「喂，常大爲。」

他渾身抖了一下，沒料到我會在這兒等他，我上前將影印好的筆記遞給他，「這個，你的手沒辦法寫字吧。」

看他手有些發腫，我皺眉說：「你怎麼沒早退去看醫生？」

「小傷不礙事，筆記我不需要。」

「幹麼好面子？我印了兩份，這是你的。」

「我上課聽，不用筆記。」他說。

「可是你平常……！」我訝然停住原本要說的話，腦中拼湊所有事情，然後得到一個再簡單也不過的結論，「所以你筆記都是整理給我看的？」

難得，常大爲點頭，不像平常那樣毫無反應。

「爲什麼？」

「因爲妳說過我的筆記幫妳很多忙。」

「就因爲那樣？所以你幫我做了將近一個學期的筆記？」

他點頭，我的心臟怦怦跳著，卻不是因爲心動。

「爲什麼？」我的聲音彷彿不是從自己喉嚨發出來的。

常大爲停頓動作，悠遠深幽的眼神找到焦點，直直定在我的雙眼，像是一張大網將我牢牢抓住。

「因爲我喜歡妳。」

我心一縮，半晌才結巴開口：「可、可、可是我……」

「我知道妳喜歡七號，這又不衝突。」常大爲皺眉。

「什麼？」

「我說了，有些人告白不一定要得到回報，我沒有想要妳答覆我什麼。」常大爲拉了拉書包背帶，看了手錶，「快回家吧。」

說完他還眞的要走，我拉著他的書包說：「什麼時候開始的？」

「不知道。」常大為緩緩將書包拉離我的手，「妳繼續喜歡七號，繼續加油，而我們也一樣是朋友，這樣就行了。」

我抬頭，對上他的眼睛，「可是你說過人類是貪婪的。」

他聳聳肩不作回應，我往後退了一步，「你眞的喜歡我嗎？」我顫抖地問。

常大為扯出一個很淡的微笑，點頭，而後轉身離開。

我忍不住熱淚盈眶，是怎樣的感情，讓他可以看起來那麼淡漠？

如果向春日喜歡上別人，我也能這麼冷靜嗎？

我無法理解常大為，就好像我從沒了解過他一樣。

把三顆蛋打到碗中，輕輕攪拌，盡量不打出泡沫，並且還得同時注意高湯的溫度。我將高湯、糖、鹽等加入蛋汁中繼續攪拌，再用擦手紙將平底鍋上的油均勻擦拭在每個角落，酌量將蛋汁小心翼翼倒上去。

鍋裡滋滋作響，待蛋汁變色後，用筷子將蛋皮往另一端捲去，置於一旁不動，再將其餘蛋汁倒入平底鍋中，等變色後再把已經捲好的煎蛋往另一端捲去。就這樣重複幾次後，煎蛋卷便完成。

將煎蛋卷切好裝入便當盒，我看了看時間，趕緊換上制服。

會這樣做的原因，是因為昨晚我打了通電話給向春日。

嚴格說起來他會受傷與我有關，所以我問他要不要接他上學。本來在少女漫畫中，這種情況都是女生受傷，男生騎腳踏車接送，但畢竟在台灣的街道上，騎腳踏車實在不是太方便，加上我沒力氣載男生，所以本來我是打算坐計程車接送比較實際，可是向春日聽了我的提議後卻笑個不停，說我這樣成本太高。

折衷方式就是幫他準備午餐，他說想吃日式煎蛋卷，從不下廚的我立刻將材料與用具買回來，四點就起床準備，過程中失敗了好幾次，最後好不容易終於完成。

不理會媽媽在身後抗議廚房像打過一場猛仗，我帶著笑臉跑出家門，拎著向春日的便當，嘴角無法克制地越笑越開心。

這還是我第一次爲男生做便當，而且是我喜歡的人，我和向春日的關係一定前進了很大一步，我能這樣想吧。

在丁字路口時，我猶豫了一下，最後還是往河堤方向走去，但走沒幾步，我便轉身回到公車站牌，也許短時間內，不要和常大爲見面比較好。

向春日不愧是向春日，就算拄著拐杖，依然很有校園王子的風範，向日葵們貼心的慰問自然少不了。但向春日雖然很受歡迎，同時拒絕人的狠勁也是出了名，所以向日葵們相當自律地約法三章，不再告白。

「向春日，你眞是罪孽啊。」涂晶晶掩嘴笑著，眼睛還一直偷瞄我。

「別告白最好。」向春日一臉如釋重負，手撫過拐杖，忽然尷尬地看著我，「我不是那個意思啦。」

「黎莐不一樣啊，她怎麼能和其他的向日葵相比。」涂晶晶誇張地喊著，雙手搭在我的肩膀上。

「少無聊了。」我說。

她咯咯笑著，聽到上課鐘響起，突然問我：「最近常大爲都沒來借課本，他終於買課本了嗎？」

我沉默不語，常大爲的告白，我沒有告訴任何人，總覺得這種時候不適合說這件事，也不想說。

現在我正在爲自己的愛情努力，如果在意常大爲的感情，我會無法前進，所以我只能選擇漠視。

中午，我有些扭捏地拿著便當走到向春日旁邊，這舉動被涂晶晶及班上其他同學看見，大家無聊得像小學生一樣，開始起鬨。

「你們不要鬧了。」我紅著臉想制止他們，現在不是搧風點火的時機。

「你們很無聊耶。」向春日噙著笑意，沒有阻止，接過我的便當打開來，眼睛一亮地說：「就是這種煎蛋卷，黎莐，妳超強的！」

「很厲害咩，向太太。」涂晶晶小聲地對我說，眨眨眼睛，頂了頂我的手臂。

我則是傻傻笑著，覺得很幸福。只是，沒想到當夢寐以求的幸福眞的來臨時，卻也一併帶來對常大爲的小小罪惡感。

這大概就是被告白的副作用吧，如同以前所得到的結論，雖然我沒有喜歡常大爲，但不可否認這一、兩天，我的腦中時不時會閃過他的臉。

手上清洗著向春日吃完的便當盒，我在心中想著：向春日對我會有罪惡感嗎？

回頭看著他坐在椅子上跟別人笑鬧的模樣，我希望不要，他對我的溫柔應該是喜歡上我的轉變，而不是罪惡感。

好幾次我在走廊上巧遇常大為，我下意識別過頭往回走，因為我沒有回頭，所以不知道常大為有沒有看見我。

就這樣直到寒假輔導快結束，我和常大為都沒再說過話。

向春日大約猜到原因，但他沒說什麼，涂晶晶也因為上次說常大為喜歡我而惹我生氣，再也沒亂說話過。所以，我變得不知道可以找誰商量這件事情。

以前喜歡向春日，可以跟常大為說，現在常大為的事情我又能找誰說？

❋

「這眞的好好吃。」向春日的腳已經好得差不多，但依然吃著我做的便當，他最喜歡的菜色就是煎蛋卷。

我們兩個坐在操場邊的樓梯，我東張西望一會兒後，從袋子拿出另一個繫著黃色緞帶的盒子。

「這個……送你。」差點咬到舌頭！

「這是什麼？」向春日狐疑地接過，搖了幾下盒子。

「巧克力。」我紅著臉，「寒輔結束後……開學的前幾天就是情人節，所以我先送給你。」

「妳自己做的？」

「是啊，沒有很甜，是黑巧克力。」不管在向春日身邊多久，我的心臟還是不能習慣地狂跳著。

向春日停頓了一下，扯扯嘴角說：「謝啦。」然後將巧克力塞進口袋裡。

氣氛一下子變得有些奇怪，我將空便當盒收起來，接著說：「那……那你情人節那天有空嗎？」

他看向操場，良久才輕吐一口氣，我原以爲他要拒絕，向春日卻點點頭，「時間和地點我來決定可以嗎？」

「當然好！」我開心得差點尖叫，而向春日見我這樣的表情，只是掛著一個言不由衷的笑容。

寒假輔導結束後，我和向春日便沒再聯絡，我滿心期待著情人節，想像他會帶我去哪裡，是看得到夜景的摩天輪？還是推出情侶套餐的小餐廳？

他最近對我好溫柔，而且也沒有排斥班上同學的調侃，也許情人節當天，我可以再一次告白，問問向春日的答案。

情人節前一天的晚上，向春日沒有任何消息，也許他明天早上才會告訴我吧，說不定他現在還在計畫呢。

我就這樣腦補著向春日的行爲，帶著笑意入睡。

隔天，因爲太過興奮，天還沒亮我就張開眼睛，怎麼也睡不著，乾脆起來打扮，換上輕飄飄的藍色長版洋裝，並且按照雜誌上的教學示範，將長髮捲起，打算弄個可愛的包包頭。平常不習慣綁頭髮的我，大約弄了快兩個小時才完成造型，接著我擦了隔離霜和睫毛膏，然後加個腮紅、唇蜜就完成了

時間大約九點多，手機依然鴉雀無聲，連簡訊也沒有。我走到廚房烤了土司，翻了幾頁報紙後，向春日還是無聲無息。

媽媽問要不要煮我的午飯，我搖搖頭說待會要出門。我不確定向春日什麼時候會跟我聯繫，只好一直盯著手機看，好幾次差點要按下他的號碼撥出，但還是忍了下來。

眼看爸媽都快要吃完午飯了，向春日還沒打電話來，我只好硬著頭皮出門，先到附近的公園閒晃。

肚子咕嚕叫著，我在便利商店買了顆包子墊肚子，在公園玩了半個小時的盪鞦韆，逗了流浪貓一個小時。下午三點半，我終於受不了，主動打電話給向春日，鈴聲響了很久，久到我都要掛斷時，向春日不清醒的聲音才緩緩傳來。

「喂……」

「你……在睡覺？」我幾乎不敢相信。

「現在……現在才三點半呢。」他在被窩裡翻動的聲音像刀一樣狠狠刨著我。

「才？」

向春日沉默了好久，那呼吸均勻得我以爲他又睡著，他好像嘆氣了，然後他翻開棉被的聲音傳進我的耳裡，他邊伸懶腰邊說：「那我們約五點吧。」

「五點？」

「太早了嗎？」向春日的聲音是眞的不明白。

「不是太早……我……」一股很難受的感覺堆積在我的胸口，滿至喉嚨，幾乎要從口中吐出，我像是氣喘一般，抖著音說完每個字，「那我們就約五點在最大的那個公園。」

「好，待會兒見。」

我連再見都還沒說出口，便掛掉電話，但在這之前，就聽見向春日先掛掉電話的聲音。頹廢地癱坐在鞦韆上，我的心像是破了個洞，穿過的風發出呼呼的聲音。

我咬著下唇，還有希望，不可以哭，絕對不能哭。

於是我就坐在這裡，等著五點到來，告訴自己，就連等待向春日的時間，都是幸福。

我發現其實放空或是專心想著向春日，時間就過得挺快，轉眼已來到四點半，我開始輕輕晃著鞦韆，幻想等一下可能的約會地點。

「妳怎麼還在這裡？」忽然一個好久不見的聲音帶著難得的不悅在我身邊響起，是常大爲。

「嘿，情人節快樂啊，沒去約會？」我故作輕鬆地開口，卻換來常大爲更不悅的表情，我忽然想起他對我的告白，「抱歉，我不是故意的。」

「妳白目不是一兩天的事情，我問的是，妳爲什麼還在這裡？」常大爲冷聲道。

「因爲我跟向春日約在這裡啊。」

「我是說，妳爲什麼『還』在這裡？」常大爲加重語氣，我微微一愣，剛呑下的眼淚差點奪眶而出，我立刻低下頭，吸吸鼻子。

「我比較早到，哈哈。」我想假裝沒事，但連我自己都聽得出來聲音裡的苦澀。我突然察覺到有異，常大爲說「還」，代表他早就看見我了？

「我中午經過就看見妳一臉興奮，我知道妳跟七號有約，去便利商店時又看見妳還在，然後現在我從書店回來，妳還是在這裡。妳被放鴿子？」

「才沒有，我們約五點！」常大爲講的話都好酸。

「五點？那妳爲什麼一點多就在這裡？」常大爲皺眉怪叫，「有這麼迫不急待？」

我站起來瞪著他，眼眶還是控制不住溢出了一兩滴淚珠，我沒有委屈，也沒有悲傷，這段等待的時光也可以是幸福，可是爲什麼，我就是覺得常大爲的話很刺耳。

「對！可以跟向春日見面，我很高興，所以七早八早就來這裡等，連這段等待的時間都是幸福！爲了讓向春日喜歡我，付出多少努力我都願意。」帶著眼淚咆哮的女人眞是可怕，也眞是可悲。

「妳不覺得這樣子很卑微？很失去自我？這樣委屈求全換來的只是同情，不是愛情！」常大爲的語調有些生氣，卻壓抑著音量。

「你不也對我很卑微？」我故意冷笑。

「至少我沒失去自我。」他冷靜回答，一貫冰冷的雙眼，看不出有沒有被我傷到。

「常大爲，你該走了，再見！」我撇過頭，不再看著他。

「妳還要等多久？」

「我不是說約了五點！」我氣呼呼地說著。

「妳打算等多久？」

而這次我不回答。

等到我再也聽不到常大爲離去的腳步聲時，我才微微抬頭，讓眼淚滑落。

我知道常大爲第二句話的意思，可我答不出來。

難道向春日不喜歡我，我就應該放棄嗎？

到底喜歡一個人與放棄一個人，要怎麼拿捏它的時效，人說愛情有時效性，但我想相信沒有。

我想像不出，不喜歡向春日的自己。

向春日從來都只會拒絕別人，甚至連涂晶晶他都推開了，然而只有我，向春日說願意嘗試。

這是一個很大的進步，我怎麼能輕易放棄？我不會放棄，就算卑微，只要有一點點希望，我就會緊抓著。

「黎芫。」向春日的聲音還沒傳來，我就先聽見他車輪鍊子滾動的答答聲，我喜歡那個聲音，因爲那聲音會帶來他。

「嗨，情人節快樂。」我的聲音已經恢復正常，我想我臉上的表情應該也很自然。

「嗯，快樂。」他將腳踏車放在一邊，坐到旁邊的遢鞦韆上，沒什麼特別的表情，這使得我產生一股不安。

「你……怎麼睡這麼晚？」

「因爲昨天電動打太晚了，不過終於破關啦！」他雙手朝天空高舉，很是興奮，卻和我的情緒截然搭不上。

「怎麼啦？妳表情怪怪的。」

「嗯……你是不是忘記我們有約啊？」我盡量裝得漫不經心。

「我沒有忘啊。」向春日詫異地看著我。

「那爲什麼……你還睡這麼晚啊？」

「我不是說了嗎？昨天急著破關，那遊戲我玩了兩個月，昨天差一點就可以破了，所以玩到凌晨五點多，天都亮了，哈哈。」他開始講起電動裡的故事關卡，神采奕奕的模樣很是帥氣，可我現在只爲這曾讓我心動不已的表情感到深深的難過。

「向春日。」我喚了他的名字，他露出一貫的笑容看著我，「你說時間地點由你決定，原本你是怎麼計畫今天的呢？」

「計畫？」他抓了抓後腦杓，「就……出來見個面，吃個飯，聊聊天就回家啦。」

我的心一沉，卻還是硬撐起笑容問：「那麼，我們要吃些什麼？」

「我都可以啊，妳有想吃什麼嗎？」向春日笑著。

那一貫的笑容、一貫稀鬆平常的對話，卻讓我心痛到不能再痛。

向春日的確沒有疏遠我，但同時也沒有讓我更接近他——他依然把我當成朋友。

「人類是很貪婪的。」

再一次想起常大爲的話，因爲向春日給了我機會，所以我理所當然以爲，我跟其他女生不同，就算是眾多向日葵中的其中一朵，我的顏色一定也不一樣。

可是，我錯了。

「我……很期待今天。」

向春日愣了愣，笑容僵在嘴邊。

「我昨晚睡不著，一大早就起床等著，我總算明白我們之間的溫度差有多大。」我咬著牙忍住眼淚，向春日怕女生掉淚，我不要他是因爲心軟或同情才好聲好氣地安慰我。

時間過了許久，向春日終於嘆了一口很大的氣，「黎莌，我不懂喜歡的感覺。如果硬要說，我是喜歡妳沒錯，但就像妳說的溫度差吧，就算明天要約會或是特別的節日，對我來說都像普通日子一樣，不會忘記約定，卻也不會特別期待。」

不，我不想聽下去，所以立刻站起來，「我們走吧，我想吃義大利麵。」

「黎莌。」向春日卻只是抬頭，那眼神很認真，我從沒見過。

「不算不算，剛剛都不算，我們重新來過。」我急著想拉起他，他卻不動如山。

「黎莌，這樣的喜歡是喜歡嗎？」

「不要！我不要聽！」我大叫著。

「黎莌！」向春日站起來，抓住我的肩膀，「這樣下去不會有什麼改變，我當初就不該給妳機會，如果那時就拒絕妳，現在妳就會跟晶晶一樣釋懷了！」

我睜圓眼睛，定定看著向春日，眼淚還是掉了下來。

他一愣，而後轉過頭，避開我的眼淚。「黎莐，我想到我要什麼生日禮物了。」

我抬頭，眼眶裡充滿淚水。

「我要一個永遠不會喜歡上我的異性朋友。」

「向春日，你後悔了？」我的聲音既顫抖又微弱。

「是。」他的聲音清晰又堅定。

「我知道了。」

向春日直到離開前，都沒有再看我一眼。

他後悔給我機會，但我不後悔喜歡上他，如果讓我重來一次，我依然會要他給我機會。

天空下起滂沱大雨，因爲太陽離去了。

向日葵就算太陽不在，依然昂首盼望著陽光，即便被雨水淋濕，也要抬頭看著天空，就怕錯過一絲從雲層裡透出的陽光。

忽然間，我所望著的天空被一片布給遮蔽住，也擋住雨水。

面無表情的常大爲撐著傘，擋去了天空降下的雨，而他的背後則濕成一片。

向春日不會再回頭了。

體認到這一點的我，在沒有太陽的雨中、在常大爲的傘下，像個孩子般嚎啕大哭。

人什麼時候會眞的放棄？

是在知道完全沒有希望後？還是心痛到碎裂後？或是有更值得愛的人出現的時候？

我還是很喜歡向春日，縱使在以上三點都發生後，我還是喜歡著他。

從那天開始，常大為每晚睡前都會傳簡訊來，沒有文字，只有一些花花草草的風景照。我認出其中一張是學校附近的街道，路邊的樹上長了小小圓圓的紅色東西，看不清楚，我老是忘記那排樹叫什麼名字。

自從被甩了之後，今天是我第一次再見到向春日。

我有了向春日會漠視我的心理準備，不要緊，涂晶晶也在，她會在我身邊。

在校門口前深深吸氣吐氣，我正準備邁開步伐往前，耳邊卻傳來腳踏車輪轉動的答答聲，我心臟一揪，那是向春日的專屬聲音。

握緊雙拳，想要自然的與向春日打招呼，但回過頭的瞬間，只來得及捕捉到他迅速掠過的側臉，然後是他騎著腳踏車往前的背影。

他一定看到我了。

唉，我又有點想哭了，以往聽見腳踏車的聲音，我知道那帶來了向春日，而現在卻是帶走了他。

第九章

我終於明白，再怎麼難忘，還是會喜歡上下一個人。

「妳要放棄了？」涂晶晶不可置信地大喊，「妳確定？向春日沒給過任何人機會，只給了妳機會耶。」

「但他說了後悔。」我的心情平靜得不可思議，「重點不是怎麼開始，而是怎麼結束。」

涂晶晶還想說些什麼，最後卻搖搖頭，一隻手拍拍我肩膀說：「妳很快就會走出來的，看我現在不也挺好？」

我只是扯扯嘴角，「不是有別班的男生跟妳告白嗎？結果呢？」

「就先試著做朋友嘍。」聽起來起碼涂晶晶不討厭對方。

後來幾天，下課都可以看見那個男生來找涂晶晶，有時候只是借她一本書，既不操之過急，又不會離得太遠。

「我覺得那是高招。」放學時在公車站牌，我這樣跟常大爲說。

「怎麼說？」

「就不會逼她，卻又讓她知道自己喜歡她並存在著。」講完後我小小嘆氣，「像我就太逼向春日了。」

常大為聳聳肩，不置可否。

「馬上就是社團成果展了，我還不知道你是什麼社團，籃球嗎？」上學期常大為還贏過向春日呢。

「烹飪社。」

「騙人，講正經的啦。」沒想到他卻一臉嚴肅，「啊？你眞的是烹飪社？」

「很奇怪嗎？」

「也不是奇怪。」只是沒想到，「那你們社團成果展要做什麼？」

「就每組負責準備不同的食物給參觀者吃。」

我眼睛一亮，「眞的假的？那我要去我要去！」

常大為從書包拿出一張影印的手繪招待劵給我，「有參觀人數限制，不然一堆人跑來吃，食材費就破表了。」

「好哇好哇，我一定去！」我將招待劵夾進入記事本內，「那你負責準備什麼？」

「等妳來就知道了。」常大為露出一抹微笑，喜歡烹飪的男生還眞罕見。

「公車來了，我先回家啦。」我跳起來對公車招手。

「妳是什麼社團？」常大為站起來問。

「縫紉社，我很擅長縫衣服喔，如果以後你釦子掉了就來找我吧。」

坐在公車上時，我想起當初為什麼會選縫紉社。

一年級的向春日不知道為什麼，每天都在掉釦子，他找我幫忙縫，但我根本沒縫過東西，而涂晶晶又害怕針，於是向春日找了班上其他女生幫忙。

看著向春日只穿著T恤，制服拿在其他向日葵的手中，我就莫名一陣煩悶，所以高一下學期，我改選了縫紉社。

可能我很有天分吧，很快便得心應手，從此向春日的各種縫紉需求全部交到我手上，不管是釦子、體育褲、制服車線，連他的書包我都縫過。

啊啊，果然我從那時候就很喜歡他了，我咬著下唇，努力不讓眼淚掉下來。

向春日不可能永遠不和我說話，只要我繼續喜歡他，某天他回頭，就會看見我依然站在這裡。

✹

涂晶晶在我的指甲上先塗了一層透明液，再拿出一台小機器，她說這是光療機，可以讓彩繪好的指甲快乾又不容易脫落。

「妳想畫哪一種圖案？」她翻開一疊資料，裡頭滿滿都是指甲彩繪的圖片。

「這些都是妳畫的？」

「怎麼可能，有些是網路和雜誌上的。」她笑了起來。

選擇太多看得我眼花撩亂，隨便點了一個比較樸素的粉紅搭配白色，「就這個吧。」

「很會選喔，法式指甲很麻煩，不過剛好可以練練我的技術。」雖然她現在穿的是小背心，不過依然做了個挽起袖子的動作。

我們利用週末在涂晶晶家中讓她練習，因為不想貼假指甲，所以我難得留長指甲，看著涂晶晶專注的模樣，我不由得笑了起來。

「笑什麼？」她頭都沒抬。

「我只是在想，人還是要做自己有興趣的事情，才會格外專心。」

「我聽得懂妳暗虧我上課不專心。」涂晶晶說著，雙眼仍舊緊盯在我的指甲上。

等十根手指頭都畫上接近膚色的淡粉紅色後，我將手指按在光療機上，涂晶晶一邊打開小鑽盒，一邊問：「所以春日的事情妳打算怎麼樣？」

這次換我一愣，「哈哈，就是那樣啦。」想要裝做無所謂，卻換來涂晶晶責備的眼神，我只好微微坐直身體，「還能怎樣？暫時先保持距離。」

她還想說些什麼，我卻打斷她，「跟妳告白的那個同學現在如何啦？」

「沒有怎樣啊，就還是朋友。」涂晶晶說歸說，表情卻不是這麼回事。

「可是我看現在他下課都會來找妳，星期五你們也會一起放學，齁～不單純。」

「什麼不單純，妳別亂猜！」唷唷！涂晶晶臉都紅了！「指甲拿來啦！」

「指甲怎麼拿啊。」我故意笑著說，接著涂晶晶又進入工作模式，認眞地在我指甲前端畫上白色的指甲油，這是最困難的部分，不准亂動也不准說話。大概過了半個多小時後，在我幾乎昏昏欲睡的情況之下，終於大功告成。

「哇！好漂亮，我越來越覺得妳畢業後可以直接開店了。」

「可以考慮看看。」涂晶晶臉上的笑容因爲手機發出的訊息聲而變得更加燦爛，我湊過去看，是告白男傳訊息來。

「有問題！這麼開心，快點，妳是不是喜歡上他了！」我伸手想架住涂晶晶的脖子，她立刻抓住我的手腕盯著我的指甲看。

「我畫很久，雖然是光療，但妳也小心點！」

「好啦好啦。」我把手舉到空中表示自己很小心，「所以妳和告白男到底……」

拗不過我，涂晶晶嘆口氣說：「也沒怎樣啦，就是好朋友，只是最近好像有那麼些不同，我想我現在對他有好感吧。」

「什麼好感，那個表情，是喜歡了吧！」

涂晶晶瞪我一眼，卻沒否認。

「在喜歡春日的時候，我從沒想過有一天會喜歡上別人；而被春日推開後，我也沒想過自己會再喜歡上下一個人。」忽然，她的眼神望向我，「黎莌，現在雖然很難想像，但還是會喜歡上下一個人的。」

我一愣，「所以是要我放棄？」

「也不是那個意思，只是想……給妳一點鼓勵吧。」她聳聳肩，「對了，常大為他……」

「妳不快點幫我的手拍照嗎？妳的作品集呀。」

見我明顯想要扯開話題，涂晶晶也不再多說，拿起相機幫我的手拍照。

我想著她剛剛所說的，我明白再怎麼難忘記一個人，也會喜歡上下一個人，只是我真的很難想像，不喜歡向春日的我，會喜歡誰？

就像現在，向春日對我說了後悔，他不理睬我，但我依然很難不去喜歡他。

向春日就像太陽，所以太陽的社團活動當然得搭配陽光，向春日是田徑社。

田徑社不用特別招生，因爲我們學校的田徑社相當有名氣，每每去到校外比賽都會抱回一堆獎項。

社團成果展當天，向春日唯一的工作就是在校園裡走來走去，參觀各個社團。

往年因爲我和涂晶晶都各忙各的社團，向春日不是來我的社團賴著不走，就是去涂晶晶那裡，但今年他卻選擇跟其他人一起逛。

我將自己的作品攤開來展示在桌面上，放上自己的名牌。縫紉社算是冷門社團，屬於靜態展示，我坐在門口等著交接的社員過來，當同社團的一年級學妹從走廊末端匆匆跑來時，我看見了向春日的身影。

他和一群男女走在一起，當他快要經過我們社團教室時，我下意識地躲在窗戶邊緣下。

「黎莐學姊？」一年級學妹望著我，我對她用手指比噓，她一臉狐疑地坐回位子上。

我聽見向春日他們的腳步聲越來越近，向春日的笑聲灌進我的耳裡，讓我想哭。

「縫紉社，我記得黎莐不是這個社團嗎？」其中一個男生說。

「學妹，有看見黎莐嗎？」另一個女生問。

「學姊她……」一年級學妹低頭瞄了我一眼，我用力搖頭，「學姊剛換班，去逛校園了，有什麼事情我可以轉達給她。」

「也沒什麼，恰巧經過罷了。」他們笑著，然後往遠處走去。

「春日，這麼難得今年沒黏著晶晶和黎莐？」一朵向日葵發問。

「對啊，你們最近好像怪怪的。」另一朵八卦的向日葵又說。

我屏住呼吸，張大耳朵。

「誰規定我一定要跟她們走在一起？」向春日的聲音像是從宇宙另一端傳來，依稀還聽得見向日葵們八卦的尖叫聲。

一年級學妹喚了我幾聲，我乾笑著站起來，交代幾項交接事宜後，彷彿行屍走肉般離開了縫紉社。

走在人來人往的走廊上，我卻覺得好孤寂，這份孤寂不是身邊有沒有人，而是來自我的內心。

我不明白，世界上的其他人是怎麼面對失戀或心痛？而他們又怎麼喜歡上下一個人？

我無法想像，失去向春日後的世界。

「黎莐！」忽然常大爲的聲音出現在我身後，我轉頭一看，他就站在人群中，離我有五個教室之遠，可是他的聲音與人，卻清晰無比地傳達到我這裡。

「不是要來參觀我的社團嗎？」常大爲喊著，這是我第一次聽見他用這麼大的聲音說話。

我不自覺露出微笑，「對啊！」

常大爲的社團在隔壁棟的五樓，離我的社團教室有段距離，看著他氣喘吁吁的模樣，想必他是用跑的。

「幹麼特意跑這麼遠過來，打電話就行了啊。」

「一時之間忘記。」他憨憨笑了兩聲。

還在樓梯間，就已經可以聞到烹飪教室傳來的香味。

而走廊兩邊誇張地站著一排學生，手中都拿著那天常大為給我的招待券。

「現在是最後準備階段，等會兒就開放入場了，妳先跟我進去吧。」常大為直接走進裡頭，我躊躇再三，最後在大家滿滿妒意的目光下跟著走進烹飪教室。

「我從來不知道烹飪社這麼有人氣。」

「原本可不是這樣，多虧常大為的加入。」一個臉上沾著奶油的短髮女孩，一面將奶油擠在蛋糕上面，一面對我解釋。

「她是E班的岳小唯，烹飪社社長。」常大為簡單介紹完，就拉著我走到另一桌。

烹飪教室裡分六大桌，以岳小唯為中心，有三桌都是女孩愛的甜點跟蛋糕、餅乾等，我想外面的女生除了因為常大為而來，有一半也是為了那些甜點吧。

而另外兩桌則是家常菜，都是一些常見的菜色，但走精緻路線，光是蛋類就有好幾盤不同作法的料理。

「那邊有餐具，妳要不要先試吃看看？」常大為指著最後一張桌子，我立刻搖手，外面這麼多人排隊等著，我先進來就已經很不好意思了，更別說是先吃。

「別那麼客氣啦，黎莐，妳就當做是幫我們試試味道，畢竟我們自己說好吃也太厚臉皮了。」岳小唯在一旁跟著鼓動。

「那……我就不客氣了。」我拿起一旁的叉子，隨手插了塊應該是牛肉的食物放入口中，瞬間醬汁在我嘴裡炸開。

「超、超好吃的！」我立刻又吃了一旁的義大利麵和小披薩，「怎麼回事，味道就像餐廳一樣！」

「這樣我們就有信心了。」岳小唯哈哈笑著，「時間差不多了，可以開放參觀了。」兩個人走上前去把門打開，外頭持有招待券的學生迅速湧進來，其他社員則站到兩旁待命。現場簡直像是百貨公司週年慶一樣，學生們快速拿起餐盤，如蝗蟲過境般盡情掃蕩桌上的食物。

「哇……」我不禁讚歎。

「很恐怖吧。」常大為拉著我站到窗邊。

幾個女生時不時往我們這兒偷瞄，我才忽然想起，上學期常大為剛剛轉學進來時的盛況。然後又忽然想到他喜歡我、想到他只對我一個人溫柔，縱然我沒有喜歡他，但一股優越與虛榮卻油然而生。

我連忙搖頭，甩掉這討厭的情緒。

「你負責哪道料理？」我問常大為。

「大為負責做蛋糕。」岳小唯走到我身邊，滿足地看著那些正在狼吞虎嚥的同學們。

「我以為蛋糕是妳負責的。」

「我只負責裝飾。」她乾笑幾聲。

「雖然她是社長，可是對料理一竅不通。」常大為居然會損人。

「嘿！」岳小唯還想說些什麼時，烹飪教室門口卻傳來一陣騷動。

「向春日學長！這裡！」其中一個學妹社員高聲喊著，我心一震，來不及躲，向春日已經走進烹飪教室。

他滿臉笑容的表情在看見我的瞬間，稍稍僵硬了一下，卻立即避開我的視線，走向那個學妹社員。

「學長，好高興你眞的來了！」向日葵學妹眼裡併發出許多顆愛心。

「烹飪社的招待券可是搶手貨，我不來就太暴殄天物了。」向春日維持燦爛的微笑。

「那位就是校園王子啊，名不虛傳呢。」岳小唯對向春日沒什麼興趣，只在乎自家社團食物好不好吃，說完以後就往另一桌走去，拿起抹布擦拭桌上的食物殘渣。

「要先離開嗎？」常大爲的聲音在我耳邊響起。

我搖頭，避開這裡，又能去哪裡？我跟向春日同班，怎麼避都避不了。

「學長，這是我負責的煎蛋卷，我記得你說過喜歡吃煎蛋卷。」向日葵學妹端著一盤色澤金黃完美的煎蛋卷遞到向春日眼前。

他拿起其中一塊，放入口中咀嚼了幾下，露出一個好看的笑容說：「好吃，這是我吃過最好吃的煎蛋卷。」

然後，我身邊的一切，不論是聲音還是影像，都漸漸抽離，向春日的笑臉變得好遠，他的笑聲也逐漸消失，世界一片黑暗。

失去太陽的向日葵，沒有辦法存活。

「妳還好吧？」常大爲拿了一罐冷飲坐到我旁邊。

「沒事。」我笑了幾聲，接過冷飲，讓冰涼的液體流過我乾燥的喉嚨。

向春日吃了好幾塊煎蛋卷，當然他也吃了別的東西，甚至他對常大爲做的蛋糕也讚不絕口，他稱讚了所有烹飪教室裡面的料理，最後經過我身邊時，說了聲他先走了。

我不會做料理，唯一會的，就是向春日喜歡的煎蛋卷。我的廚藝要怎麼跟烹飪社比？

向春日說的是事實，我也吃過那煎蛋卷，的確好吃得要命。

但我一直認爲，那是我和向春日之間的聯繫，是我們之間沒有明說的祕密……

想到這裡，我忍不住哭了起來。

常大爲對於我的眼淚有些慌張，卻只是靜靜坐在一旁，面向操場的方向，用身體將我擋住，不讓其他人看見。

我想起那個雨天，他同樣也爲我撐傘。「你……這週末有空嗎？」

「嗯？」

「我想去個地方。」

如果說，向日葵要告別太陽，那是否要去到最接近太陽的地方？

週末，我和常大爲來到桃園觀音鄉的向陽農場。

顧名思義，這裡是一堆向日葵凝視太陽的地方。

我們先是坐火車來到中壢，再改搭客運，下車後還必須走四十分鐘的路程才能到達目的地。常大爲好心地說要搭計程車，我卻搖頭拒絕。

「我想感受一下陽光。」天空的烈日，是向日葵的最愛。

常大爲不語，默默跟在我身後走了三十分鐘，一路上塵土飛揚，周遭車流不斷，跟著汽車，很容易就可以找到向陽農場的所在地。

等到我們終於抵達農場門口，我的身上也沾滿了太陽給予的汗水。

「我在這裡等妳就好。」常大爲在草原上的椅子坐下，對我擺擺手。

我明白這是自己要解決的問題，點點頭，獨自往裡頭走去。

這裡有許多攜家帶眷的遊客，也有不少年輕情侶，許多小孩在一旁玩著水上船，年輕的大學生在烤肉，他們或多或少手上都拿著向日葵。

經過向陽小鋪時，我被外頭向日葵的裝飾吸引住目光，但忍住進去的衝動。

再往前走，一大片種滿向日葵的花田映入眼簾。

我忍不住小小驚歎一聲，眼前滿滿都是充滿朝氣的向日葵。我一直以爲，向日葵只有中間是咖啡色、花瓣是黃色的品種，但到了這裡才發現，向日葵中間圓圓那塊其實有兩層顏色，有些是咖啡色，有些是綠色、黃色或紫色等。

我往向日葵花田走去，人潮擁擠，他們忙著拍照、忙著摘花，忙著在向日葵花田裡露出開心的笑容，而我只是望向天空那刺眼卻溫暖的太陽。

所有的向日葵，都跟我望著同樣的方向。

忽然間我明白了，我只不過是朵長得比較高一點的向日葵，就因爲這樣，自以爲是最接近太陽的存在，卻忽略了，在地面上的向日葵不管長得多高，依舊離太陽有好幾萬億公里。

我大哭了起來，自始至終，我都只是一朵凝望著太陽、盼求著愛的向日葵。

而太陽，從不會爲向日葵停留。

常大爲在草原上坐不住，他走來走去，不時擦去額頭上的汗水，抬起頭看著太陽，像是在抱怨著將他弄出一身汗的罪魁禍首。

我朝他走去，常大爲被我嚇了一跳，「這麼快？」

「嗯。」我將手上的光輝向日葵遞給他。

「給我？」

「嗯。」

他有些不明所以地收下。

「回家吧。」

「這麼快？」

「嗯，想做的事情已經解決了。」

「想做什麼？」

「釐清心情，整理心情，洗滌心情，總之，是大掃除。」常大爲看著手上的光輝向日葵，然後露出一個讓我有些怦然的笑容。

我這朵向日葵，不想再凝視太陽了。

❋

我覺得心情輕鬆多了，雖然每天上學看見向春日依然會讓我精神緊張、呼吸困難，但這些症狀正在逐漸好轉中。我正努力地抽開對向春日的感情。

「黎莐，妳看，上次我幫妳做的法式指甲得到超好評！」涂晶晶興奮地拿著許多人留言的字條給我看。

「妳眞的可以開彩繪指甲店了。」我笑著說。

「我眞是不敢相信！」她抱著我的臉親來親去，她開始週末的打工事業，也就是幫其他學生彩繪指甲，賺取外快。

常大為恢復跟我借課本的習慣，我曾經在上課時經過他班上，發現他正認真地在我的課本上寫下筆記，那專注的側臉，讓我的眼神一時半刻離不開。

上學期，他曾在我課本上畫下向日葵，那時我在旁邊加了太陽。

而這一次，他依然在我課本上畫下向日葵，我則是加了一棵樹。

「這是什麼樹？」放學坐在公車候車亭時，常大為指著課本問。

「沒有特定什麼樹，但如果硬要說的話……」我指了人行道兩邊的樹，「就是那種樹。我覺得這種樹很美啊，雖然現在是綠葉，但好像四季看起來的顏色都不一樣？」

常大為的表情由詫異變得溫柔，「嗯，台灣欒樹又名四色樹，再過不久，就會開出黃色的花，然後結出紅色的蒴果。」

「我覺得……你跟這種樹的感覺很像。」我看著常大為的側臉，他好像很喜歡這種樹。

他挑眉，露出一個等待我解釋的表情。

「就是高大、沉穩又安靜啊，很有安全感，隨時都在同一個地方。」不知為何，這話講得我有些害羞。

「哈哈，這是我聽過最好的讚美。」常大為笑了起來，那聲音像是穩定的鐘聲，也穩定了我的心跳。

忽然他凝望著我，曾經悠遠的眼神已經不再遙遠，而是近在咫尺，「黎莌，如果妳還是會為七號感到心痛，那也不用逼自己，時間到了，自然就會忘了，時間未到，勉強也只是白費心力。」

每天見得到面，馬上就要忘記是不可能，但我的心情的確平靜很多，也釋懷很多。

也許這段感情從一開始就是勉強，我勉強向春日正視我、勉強他給我機會，所以現在我只是釐清了、想開了、放棄了。

一生的友情，也沒什麼不好。

就這樣，台灣欒樹開出黃色小花，花朵凋零後長出細微的紅色小果實，黑板上頭的倒數數字也快要變成兩位數，課本也即將翻到最後一頁，我們就要升上三年級了。

第十章

我還沒白痴到搞不清楚愛情跟友情的差別。

「黎荿，妳決定以哪一間大學做爲目標了嗎？」涂晶晶有氣無力地問著，她的美甲打工事業目前暫停中，因爲假日也要用來念書。

「上哪間就是哪間嘍。」我的成績雖然進步不少，卻依然不算太好。

「看這麼開？」涂晶晶嘆氣，「春日，你呢？」

「啊？還沒決定耶。」向春日沒料到會突然被涂晶晶點名，有些顧慮地看了我一眼後，緩緩回答。

「反正他成績這麼好，一定沒問題的啦。」我斜眼看了他。

向春日的表情閃過一絲疑惑，卻更快意會過來，我彷彿看見他鬆了口氣，然後走向我們。

「我聽得出來妳是在酸我喔，黎荿。」

「我可是誇獎你呢！」

向春日更是放寬了心，用課本的角角K了我的頭一下。

涂晶晶在一旁看著，沒表示什麼，但我們三個終於又回到以往單純的朋友關係了。

「黎莌。」午休時間，當向春日正忙著搶食我便當裡的菜色時，常大爲的聲音在教室後門響起。

「怎麼了？」

「這個。」他晃了晃手中的盒子，我想起來，前一陣子吵著要常大爲發揮他的廚藝做個蛋糕給我吃。

「啊！向春日，都給你啦！」我將便當推給向春日，蹦蹦跳跳地往常大爲的方向去。

「黎莌，喂！」向春日在後頭抱怨，我和常大爲就站在後門，盒子一打開，竟然不是蛋糕，而是三明治便當。

「哇！給我的嗎？」

「給妳一個，其他是我的午餐。」常大爲往我背後瞥了眼，我也順著往後看去，涂晶晶正一臉曖昧地看著我們微笑，而向春日吃光了我便當裡的食物，把魔爪伸向涂晶晶的便當。

我拿起常大爲的午餐三明治，兩人站在走廊邊，咬下一口，嘴裡除了有三明治的味道，還有另一種奇怪的滋味……可是我卻不覺得討厭。

「大爲，在幹什麼？」岳小唯從樓梯間跑來，看見我手中的三明治後大叫，「啊！大爲的特製三明治！我也要吃！」說完便衝過來拿起便當盒裡的另一個三明治。

「小唯，妳！」常大爲又好氣又好笑地看著她狼吞虎嚥的吃相。

「你做的三明治眞是人間美味啊！」岳小唯滿足地吞下最後一口，又毫不客氣地拿起另一塊。

「那是我的午……」常大爲話都還沒說完，岳小唯已經吃掉了最後一個三明治。

「噢！原來這是你的午餐喔，我看黎莌在吃，以為這是餐後點心……」岳小唯有些不好意思地低下頭，然後彈了手指，「那還不簡單，我們去烹飪教室啊，我記得還有剩下的食材，我來弄一頓好吃的給你。」

「別了吧，我自己弄還比較保險……」

「好啦好啦，走吧！黎莌，再見嘍！」岳小唯拉著常大為的手，往樓梯方向跑去，我手裡的三明治才咬了一口耶！

「好像颱風一樣的女生。」涂晶晶搖頭笑著，「妳幹麼愁眉苦臉？」

「我哪有啊。」我悶悶地說，又咬了一口三明治，總覺得沒有剛剛那麼好吃了。

「哈哈哈，妳該不會是在吃醋吧？」涂晶晶老是沒兩三下就往那方面講。

「才不是！」我一口氣吃完三明治，差點嗆到。

「有問題喔，妳跟常大為一定有問題，對不對，春日！」應該是高三生活太過缺乏娛樂，所以難得有八卦可講，涂晶晶就像是得到春雨滋潤般興高采烈，還不斷用手肘頂著向春日。「春日？」

「啊？喔，黎莌，我去把妳的便當盒沖一沖。」向春日拿起空盒走到外面水槽。

「他在發什麼呆啊！」涂晶晶怪叫著。

「誰知道，讀書讀傻了？」說完我們哈哈大笑，卻被聽到的向春日潑了一身水。

「結果你中午吃了什麼？」站在公車站牌下，我問常大為。

「小唯做的燒焦炒飯。」常大為翻了個白眼，我才知道原來他也會有這樣的表情。

「是喔。」

「妳上次模擬考成績怎樣?」話鋒一轉，到了我最討厭的話題。

「喔，別提了。」

「我看看，成績單。」他朝我伸出手。

我打了他手掌一下想打混過去，可是常大爲卻皺眉。

「喔，好啦。」我不情願地拿出成績單給他，結果一看，他的眉頭更皺了

「妳成績……應該可以再更進步吧?」

「沒辦法啦，記憶體已經滿了。」我搶回成績單，「哼，你這個全校第一名的不會了解啦。」

常大爲嘴角噙著奇怪的笑意，趁我的公車被擋在路口的紅燈前說:「週末要不要一起念書?」

「你要教我?」

「看妳想不想，如果妳不滿意這樣的成績。」他聳聳肩。

「你都這樣講了!好吧，那就去，約哪裡?」

公車在站牌前停下，我一面朝前門走去，一面拿起悠遊卡。

「約圖書館吧，九點。」

「太早了，十點!」我更正，常大爲拿我沒辦法地笑了笑，點頭表示同意。

我坐在窗邊對他揮手道別，直到再也看不見常大爲的臉後，我才轉過頭。

總覺得很不可思議，明明前幾個月，我還在爲向春日傷心難過，可是現在卻能用平常心

和向春日相處，涂晶晶和告白男也只差一步就會在一起。

我想起她所說的，雖然很難想像，但還是會喜歡上下一個人。

我還沒有忘記向春日，也還沒有喜歡上常大為。可是這些情感現在都變得很模糊，無論哪一邊只要稍微多一點或少一點，就會全部翻盤。

打開模擬考的成績單，忍不住嘆了一口氣，現在似乎不是煩惱愛情的時候。

早上十點，我準時來到約定的地點，卻看見常大為似乎早早就到了，他坐在圖書館門口的階梯上翻閱課本。

「你這麼早到？」

「剛到。」他收起課本往圖書館裡頭走。

我們找了個角落的位置，這間圖書館是附近最大的一間，但依然擠滿了人，我們進來後沒多久便一位難求。

「這些給妳。」常大為壓低聲音，拿出一疊筆記本給我。

翻了幾頁，我眼睛發亮，全是他整理過的重點筆記。

「這就像是聖經一樣啊！」我只差沒有跪下來膜拜了。

常大為溫柔一笑，忽然我有些緊張，嘿嘿笑了兩聲，翻起筆記想轉移注意力，偷瞄了一下常大為，他已經低頭看他自己帶的小說……對，小說！

我念書，他看小說，這就是實力的差距。

先看國文，文字讓我想睡覺，所以我換成數學，但數學公式更像催眠符號，所以再改成英文，重點是英文不念出聲音根本背不起來，所以我又跳到了歷史，但歷史我很不拿手，還是先看地理好了……

就這樣跳來換去的，到了中午吃飯時間，我什麼都還沒眞正讀到。

此刻我們坐在圖書館外的休息區，中午時刻日頭正炎，我和常大爲熱到滿頭是汗。

「妳有不懂的可以問我啊。」

「裡面這麼安靜，我哪好意思開口講話。」

今天常大爲又帶了自己做的便當，全以冷食爲主，有壽司、飯糰，還有那天的三明治。

「你畢業後就可以當賢妻良母了。」我咬下一口飯糰，由衷地讚歎。

常大爲白了我一眼，「妳應該多少也會做一點吧？」

「啊……只有煎蛋卷能見人。」我尷尬一笑，再次咬著飯糰。

「喔，那也沒什麼不好，爲了喜歡的人而做的，是努力過的證明。」

我有些訝異地看著常大爲的側臉，「我沒想到你會這樣說呢。」

「什麼意思？是因爲我喜歡妳的緣故嗎？」

面對他突如其來的再次告白，我差點噎到，「哪有人、哪有人這樣直接講！」

「不然要怎麼講？」他歪著頭，常大爲這個人眞是正直的可怕。「我不會因爲自己喜歡妳，就否定妳曾經爲七號做過的努力，就算到後來妳和七號已經沒有任何發展的可能，但曾經做過與發生過的事，絕不會是白費。」

哇塞！說實話，這讓我有點感動。若是角色對換，我絕對說不出這種像是違心之論的話，因爲不管怎樣，我都希望喜歡的人從以前到現在，都只喜歡我一個。

唉，我還眞是自私。

可能因爲吃太飽了，下午我顯得昏昏欲睡，好幾次常大爲都把我瞌睡中搖醒，但最後我還是不敵睡魔，直接倒下趴到五點。

「今天完全沒有收獲。」站在公車站牌下，我說。

「妳還敢說，看樣子圖書館對妳來說不是好的讀書環境。」

「對啊，太安靜了，安靜的地方就是要拿來睡覺才行。」

「別得意忘形。」常大爲居然用手敲了我的頭一下，我也想敲回去，卻被他擋住，我們就這樣在公車站牌下拉拉扯扯。

「別玩了啦，下禮拜換個地方繼續念書吧。」他拉著我的手腕，瞬間我們離得好近。

「只要不是圖書館就好。」我連忙抽回我的手。

「要不來我家吧？」

「啊？」

「我家有個小和室，用來念書剛剛好。」

「可是你家人……」

「放心，這週末我爸他們要去外婆家，所以只有我一個，妳可以很自由。」

就是這樣才要擔心啊！

常大爲喜歡我，而我單獨去他家，這很奇怪吧？雖然我可能想太多，可是我若去了，不就有點像是，我給常大爲機會？

不過這幾個月來，我的行爲不也像是給了常大爲機會？

但是這跟去他家裡的意義遠遠無法相比。天啊！就當作是去朋友家這樣不就好了，可是……男女單獨去對方家裡，就算是朋友也太不單純了吧！

「妳啊，不要自己胡亂煩惱啦。」

我的頭又感受到一股撞擊，這一次常大爲敲得很用力。

「很痛耶！」我摀著頭。

「打醒妳啊！別想這麼多，就只是教妳功課而已，如果妳不喜歡也可以拒絕，或是妳可以找朋友一起來。」常大爲說這些話的時候，臉上難得有了紅暈。

嘿，我發現，我慢慢看見常大爲許多不同的表情，那是我一開始認識他時從沒見過的。雖然很多時候他還是面無表情居多，也因爲這樣，一些男生還是都稱呼他爲「死魚眼」，但是在我面前，常大爲卻有很多表情。

想到這兒，我忽然感覺到臉有些熱，我告訴自己，是因爲夕陽的關係，才染紅我的臉。

「妳和常大爲約會，我幹麼去當電燈泡？」這是我問涂晶晶是否願意一同參加假日讀書會時，她的第一個反應。

「妳閉嘴啦！」我趕緊摀住她的嘴巴，左右張望著。

「幹麼啦！我不能呼吸了！」她推開我的手，作勢咳了幾聲，「怎樣？你不會是怕春日聽到吧？」

我皺了眉頭，「因爲我不想讓他認爲，才被拒絕沒多久，就……」

「就怎樣？妳喜歡常大爲嗎？」

「沒有！」我立刻搖頭。

「那就好了啊，況且就算妳眞的喜歡上常大爲那又怎樣，春日都拒絕妳了，難不成妳還要扮演痴情女孩啊？」涂晶晶兩手一攤。

「我當然不是要扮演什麼悲劇女主角，只是總覺得不太好。」

「我不知道有什麼不好，就算妳被拒絕的隔天就交男朋友，春日也一聲屁都不能放，因爲他已經拒絕妳了，妳懂嗎？而剩下的都是妳的選擇、妳的人生。」

我張大眼睛看著她，差點就要鼓掌了，「天啊，涂晶晶，妳怎麼回事？最近看了什麼兩性專欄嗎？」

「白痴喔妳！」她翻了幾下白眼，認眞地說，「我覺得在喜歡人的時候都會變笨，看不清楚事情的眞相，只會挑自己喜歡的部分看，然後自己給自己希望，傻得要命。」

「妳在說妳自己嗎？」我小心翼翼地說，被涂晶晶瞪了一眼。

「對啦，說我，也是說妳！」

「好吧，我同意。」

「不過，常大爲喜歡妳，但他看起來卻游刃有餘，也許是他不夠喜歡妳吧。」涂晶晶臉上掛上賊笑，「又也許，他把友情與愛情搞混了。」

這句話搞得我沒來由心慌，「他那麼聰明，會搞混嗎？」

沒想到涂晶晶搖著食指，發出嘖嘖聲，「這妳就不懂了，聰明的人不一定懂得自己的感情，也許常大爲只是跟妳最聊得來，結果他就誤會這樣的心情是愛情。」

我仔細思索，對於常大爲爲什麼會喜歡上我，的確有很多疑問，我也曾經想過，也許是因爲我比其他女生更常有機會接觸常大爲。

不過，最近我已經不再去深思這個問題。

「可是……喜歡一個人會有理由嗎？」

「嗯，具體理由是沒有啦，但一定會有條件吧！比如說自己喜歡的類型就是要具備溫柔、體貼這兩點，結果某個人符合這兩點，就可以進階成『喜歡』。舉例來說，就好像完成A、B任務後可以開啓隱藏任務一樣。」

「那妳說，爲什麼當初會喜歡上向春日？」我將麥克風遞到她嘴邊。

「說過了嘛，就是因爲妳一直在看他，所以我不知不覺中也……」

「意思是說，如果今天我看的人是常大爲，妳也會喜歡上他嘍？」我咄咄逼人。

「不會啦！常大爲又不是我的菜。」涂晶晶擺擺手，音量變得大聲。

「所以追根究柢，是因爲向春日的長相是妳的菜，所以妳才會喜歡上他嘍？」我再接再厲。

「不是那個原因，不要講得我好像很膚淺！」涂晶晶講話速度快了起來，班上的人也開始對我們側目。

「那妳說說啊，爲什麼向春日可以，常大爲就不行？」看到涂晶晶被我逼急的模樣，讓我食髓之味，繼續緊迫盯人。

「哎呀！妳好煩，我不要回答這個問題！」涂晶晶只差沒摀住耳朵。

「是不是因爲向春日的臉是妳的菜？」

「對啦對啦！因爲春日的長相是我的菜，所以才喜歡啦！」

我大笑起來，涂晶晶這個女人終於栽在我手裡了吧！這是報當初她在偷窺告白現場後先落跑的仇，女人報仇，三年不晚啊！

「可惡欸，妳害我說了什麼？」她臉紅起來，班上同學一陣哄堂大笑，涂晶晶不滿被笑，伸手就想揍我的頭。

我正要閃躲，卻發現她手僵在空中，臉色刷地變白，眼睛盯著我的後方。我轉過頭去，只見到告白男嘴角扯著微笑，想說些什麼，最後卻只是搖頭，離開走廊。

我喜歡向春日的事情，現在被班上同學偶爾拿出來開玩笑都無所謂了，更何況涂晶晶喜歡向春日已經是高二以前的往事，所以我沒想到告白男的反應會那麼大。

「晶晶……」

「靠！都是妳啦！」

「啊？」我張大嘴巴超級訝異，涂晶晶居然爲了告白男罵我？

而後她立刻追了出去。不只是我，班上所有人都嚇了一大跳，紛紛議論起來。

「你們在幹麼啊？」剛從福利社回來的向春日摀住一邊耳朵，對班上齊聲發出的怪叫感到疑問。

一群人七嘴八舌地衝到他身邊，告訴他剛剛錯過的好戲，他們居然把我和涂晶晶的對話一字不漏原音重現。

「所以晶晶罵了妳一聲『靠』？」向春日像是穿越過好幾個吵鬧的菜市場後才走到我身邊。

「對啊，我還是第一次聽見她罵髒話。」我現在想起來還是覺得有點驚訝。

「想必晶晶很喜歡他吧。」向春日哈哈笑著。

「比當初喜歡你還喜歡呢。」我故意調侃他。

「妳很煩。」向春日敲了我的頭一下。

噢，這種感覺，就是這樣，我們之前那種不快與尷尬統統過去了，雖然現在還不到提起那段往事會微笑的程度，但我相信未來某天，我們一定可以笑談這些曾經的感情。

「不過沒想到晶晶居然是喜歡我的臉啊，明明我還有很多優秀的地方。」向春日摸著下巴。

「臉也是優點之一，別斤斤計較了！」我拍拍他的肩膀，結果看見向春日對我點點頭，用下巴指了教室外面，只見常大爲拿著課本站在門外。

「啊，再來是數學。」我從抽屜拿出課本，走到走廊上，和常大爲交換了國文課本。

「所以週末怎樣？」

「晶晶不去。」

一陣沉默，常大爲皺著眉頭，「還是說算了？我們就一樣去……」

「我沒有說算了啊！」我趕緊澄清，「就我一個人去應該沒關係吧？」

常大爲頓了頓，「當然沒關係，我沒關係，妳也沒關係。」然後他笑了一下，走回隔壁班教室。

「死魚眼還是沒買課本？」向春日突然出現在我背後。

「你是想嚇死我喔！」我沒好氣地回應，「他只是在幫我做筆記，畢竟全校第一名嘛！」

「喔？全校第一名還會幫做筆記？這我可是第一次聽說。」向春日的八卦嘴臉再度出現。

「別亂鬧了啦，快回座位，要上課了。」我推著他。

「所以死魚眼真的喜歡妳對吧？我之前跟妳說過了，妳偏不相信。」向春日雙手環胸，一臉早就明瞭的神情。

「好啦，我知道了啦！你快回座位啦！」我又推著他。

「瞧妳這反應，他不會是告白了吧？」向春日的表情突然從嘻笑變得有些不確定，「黎莐，妳臉紅了。」

我「啊」了一聲，拿出鏡子想看自己的臉，正巧涂晶晶從外面回來，先是K了我的頭一拳，接著又親了我的兩邊臉頰。

如此失控的舉動，想必是跟告白男開花結果了。

週末，涂晶晶迎接她人生中的第一次約會，而我則是迎接第一次去男生家的行程。

照著地址來到常大爲家的樓下後，我打電話通知他。

「好，我現在下去。」他的背景聲好熱鬧，感覺電視開得很大聲。

我從玻璃的反射倒影看了看自己，頭髮很整齊，衣服也很整齊，瀏海沒有叉開，很好。

我幹麼這麼緊張啊，今天是來朋友家念書而已！

啪的一聲，常大爲打開大門，他穿著棉質衣褲，感覺像是睡醒後還沒換過衣服，頭髮還有些亂翹，我忍不住笑了出來。

「幹麼啦，我來不及整理。」他抓了抓頭，側身讓我進到裡頭。

「你睡過頭喔？」

「不是，明明是約十一點，沒想到這麼早到。」電梯門打開，他按下樓層鍵。

「有早到嗎？現在差不多十一點呀。」

「不是妳啦，是小唯。」

「啊？」電梯門打開，常大為往前走去，我滿臉問號，剛剛是聽錯嗎？

一扇白色的內門虛掩，常大為踢掉拖鞋，我也將鞋子放在門邊，注意到門口有雙娃娃鞋。

門一推開，有陣燒焦味飄來，還有一連串鍋碗瓢盆的碰撞聲。

「在搞些什麼啊？」常大為嘖了聲，「妳隨便坐。」

我一頭霧水，有點搞不清楚狀況，小聲說打擾了，關上門後呆站在客廳，一時不知道該做些什麼。

「黎莐，妳來啦！」岳小唯臉頰上有著一道黑黑的印子，掛著笑容穿著圍裙。

「咦……」我沒想到會看見她，所以一時間反應不過來。

「大為說要開讀書會啦，講到讀書會就一定要有點心，所以我一大早就過來做點心，上次妳吃得津津有味的模樣我超想再看一次！」岳小唯拉著我的手轉了圈，碰的一聲坐到沙發上。「噢，大為家的沙發還是一樣軟得讓人骨頭都要散了。」

「妳……之前也來過喔？」

「我們烹飪社時不時會來這兒聚會，他家廚房不是蓋的，我帶妳去看。」岳小唯拉著我就往燒焦味道的源頭走去。

常大為家的廚房正中央，有個超大的白色流理台，就像是電視上的料理節目一樣。此刻常大為正將一堆黑黑的東西放到洗碗槽裡，一臉哀怨地說：「小唯，拜託妳以後不要動食材好嗎？妳只要負責最後的裝飾就好。」

「什麼啊！我可是烹飪社社長！」岳小唯抬起胸。

常大為笑了聲，我第一次看到他對我以外的人笑。

「對了，要念書對不對？來來來，和室往這裡走。」岳小唯又拉著我往另一邊鋪設著榻榻米的房間走。我暈頭轉向，都還沒搞清楚方向，就已經坐在四方形桌子靠牆這邊。

「來吧，大為說妳每科都不擅長，所以隨便從哪一科開始都好。」

可惡，常大為這傢伙！

「要大為教妳念書實在不是明智之舉，『喂，大為，這題的答案為什麼是A』，他只會回答『為什麼不是A』，妳懂嗎？他是天才啊！」岳小唯坐到我左邊的位子。

「啊……」

「所以，我來教妳國文。」岳小唯拿出課本，一臉蓄勢待發，也催促我趕緊拿出課本，「放心，我很溫柔……這是什麼啊？」她指著我課本角落，常大為畫的向日葵。

「他都會跟我借課本，應該是說，幫我做筆記才是。」感覺從進來到現在，我終於可以好好講一句完整的話了。

「他果然很溫柔啊。」岳小唯露出一個說不上來的複雜微笑，我心中一絲不安閃過。

「妳……」

「先吃點東西吧。」常大爲在門口說。

「耶！」岳小唯跳起來，往廚房跑去，而我呆坐在原地。

「黎莯？」

直到常大爲叫了我的名字，我的雙腳才有辦法移動。

桌上有三盤番茄海鮮義大利麵，岳小唯一臉幸福，滿口讚歎著這些食物實在美味。我卻有些食不知味，義大利麵的味道的確很棒，但我就是覺得肚子很脹，吃沒幾口就放下手中的叉子。

「差點忘記還有蛋糕！」岳小唯快速吃完最後一口麵，急匆匆地往廚房跑去。

「我放在流理台上了。」常大爲說。

餐桌上頓時只剩下我和常大爲，還有岳小唯在廚房發出的聲響。

「不好吃嗎？」常大爲問。

「啊？沒有，很好吃。」我又往嘴裡塞了兩口，忽然覺得沒那麼難受了。

常大爲瞇眼笑著，我發現他眼角雖然沒有笑紋，可是依然好看得讓我難受。

爲什麼今天岳小唯會出現？我想這樣問，卻不好開口。

「怎麼了？」常大爲收拾著餐盤，「妳在皺眉呢。」

「我……」

「大爲！怎麼沒有巧克力？」岳小唯大吼的聲音蓋過我的，常大爲皺了眉頭。

「幹麼要巧克力？」

「我不是說了要用巧克力來裝飾蛋糕嗎？你這個笨蛋，我昨天提醒好多次了。」岳小唯臉上又是沾著奶油，氣呼呼地走出來。
「我忘了。」常大為聳聳肩。
「你的腦袋只用來記課本內容嗎？」結果她把奶油故意沾在常大為臉上。
「小唯！」常大為用手臂抹掉奶油，為了反擊，也將奶油塗回她臉上。
「你！不管，給我去買回來！便利商店的也可以！」
「沒巧克力沒差吧！」
他們兩個還在繼續拉拉扯扯，我立刻大聲說：「我去買！」
「啊？黎浣，沒關係啦，叫大為去買就好了。」
「我去啦，我正好也想買點東西，一般巧克力就行了，對吧？」我拿起錢包往玄關走。
「黎浣，我跟妳去吧。」常大為站起來。
「不用啦，你們一個洗碗一個做蛋糕，我只要負責跑腿就好。」我笑得言不由衷，關起門往外逃。
我一路狂奔，離開那個令我呼吸困難的地方，一直到了河堤邊才停下腳步，手撐著膝蓋彎腰喘氣。
為什麼就好像只有我一個人是客人？為什麼他們如此親密？我一直以為，常大為只有對我會比較放鬆、比較展現自我，可是在岳小唯面前，常大為也一樣自然。
坐在河堤邊，我明白這不是嫉妒，也不該是嫉妒，我告訴自己只是不習慣，可是為什麼我這麼的……生氣。
眞不想再回去了，模擬考自己念一念就好，早知道剛剛應該順便把背包一起帶出來，這樣就可以直接傳簡訊說我有事要先回家，不用回去看他們兩個調情。

在我眼中，他們就是在打情罵俏。

常大為明明說喜歡我，卻還是可以滿不在乎地和其他女生打打鬧鬧，我想起涂晶晶說的，是不是因為一開始只有我和常大為比較接近，所以讓他誤會了那種感覺就是喜歡？現在岳小唯的出現，也許會讓常大為漸漸明白，他對我的情感是錯覺。

想到這裡，我的喉嚨湧上一股酸澀，像是要吐了一樣。

坐在河堤邊，我腦中居然想著的是第一次在這裡跟常大為交談的情景，那時候我以為他丟下我了，醜態百出地哭鬧著，最後才發現學校就在對面。

看了看手錶，已經過了半小時，感覺該回去了，畢竟常大為家樓下就有間便利商店，十分鐘來回都嫌太久，可是我卻不想動、不想離開，就繼續坐在這裡發呆。

我的腦子逐漸放空，河邊慢跑的人的腳步聲、小孩嬉鬧的聲音、小狗小貓吠叫的聲音都逐漸像是背景音一樣，離我越來越遠，我像是陷入快要睡著前的狀態……

「搞什麼！」

忽然一個極大的怒吼聲，將我從遠端拉回來，還沒回過神，一股拉力已經直接將我從地上拽起來。

「妳是買到美國去了啊？」如果說平時常大為的笑容或是錯愕都屬於難得一見的表情，那麼現在他聚集了憤怒、擔心、鬆了一口氣等情緒的複雜面容，我想可能更是一輩子見不到幾次。

「怎麼可能買到美國去，我只是休息一下。」我心虛地回應。

「手機也不帶，到底在幹麼？」看見常大為汗流浹背喘著氣的模樣，忽然我有些高興。

「我就只是……」算了算了，老實說吧，「我只是很驚訝岳小唯怎麼也在而已，你沒先跟我說。」

這下換常大為訝異了，「我以為她在妳會高興。」

「為什麼？」我跟她根本不熟。

常大為表情變得有些尷尬，「因為……因為妳不是不想單獨來我家嗎？我們的共同朋友就是小唯，所以我才找她，她成績也很好，也可以教妳。」

我看著微帶扭捏的常大為，突然剛剛不快的心情一掃而空。

「好吧，回去了。」我轉身爬上樓梯。

「所以妳不高興小唯來嗎？」常大為追在我後頭問，見我沒回答，他又說：「下次我會先說，別不高興。」

回頭看見常大為像是小狗般討好我的模樣，我不禁笑了出來。

「妳笑了，所以現在到底是怎樣？」常大為略微放鬆了些。

「沒事啦，回去吧。」

就只因為他講的那句「下次」。

回到常大為家裡，只見岳小唯一臉擔心，說著她不該吵著一定要巧克力，還問我是不是在生氣。結果面對兩個雙眼如狗般的純真精靈，我覺得自己剛剛那莫名的態度很糟糕，所以說要下廚報答他們。

一開始常大爲和岳小唯還很開心，但是當我第二次差點讓微波爐炸開後，他們兩個神色凝重地看著我。

「妳只要模擬考進步就行了。」

我想回嘴，說我很會煎蛋卷，但想起那是爲了向春日而練的，便作罷。

後來每個週末我們都會固定在常大爲家集合，常大爲做好午餐、岳小唯裝飾甜點，我只要負責吃跟念書就行。

我的成績的確在慢慢進步中，常大爲時常來找我，而且越來越容易露出笑容，看見他笑，我也會跟著笑。接著，岳小唯便會出現，拿著雜誌裡面形形色色的漂亮蛋糕問我想吃哪一種，然後跟常大爲打打鬧鬧。

看著常大爲和岳小唯的肢體接觸日益頻繁，我有種說不上來的厭惡感，但雖然厭惡，卻又好像可以忍受。不過這種矛盾時常在我心中拉扯，導致每次看見岳小唯和常大爲開始嬉鬧時，我就會藉故迴避。

「敢情現在是三角戀？」涂晶晶倚在廁所門邊。

「什麼三角戀？哪有。」我擦乾因水而濕漉漉的臉。

「那個女生是不是也喜歡常大爲？」

「應該沒有吧。」其實這點我也很存疑。

涂晶晶嘆氣，「黎莐啊，我想常大爲可能沒有很喜歡妳。」

「妳說過了啦，說他可能是錯覺。」討厭的話題。

「不是，錯覺是一回事，但假設他眞的喜歡妳，我也覺得他沒有很喜歡妳。」

我一臉不明白。

「就是說，妳看嘛！春日他們老是叫他死魚眼，雖然他也很帥，但他眞的面無表情，就算面對妳也都冷冰冰的。況且，如果他眞的喜歡妳，依照那樣的個性怎麼可能會和其他女生這麼好？我甚至覺得他對那個女生展露的笑容都比對妳還多。」

聽完涂晶晶的話，我噗嗤一聲笑了出來，「沒有那回事啦。」

「妳很肯定他喜歡妳？這麼有自信？」

「也不是這麼說。」但是，常大爲是怎樣的人，只有多次和他面對面交談過的我才知道，我從不覺得常大爲是死魚眼，反倒認爲，他眼睛裡的感情可豐富的呢。

「我搞不懂妳，怎麼經歷過春日的事情後，妳好像變得自我放棄了？」

「怎麼不說我是看得比較開了呢？」我失笑。

涂晶晶只是想了想，她也說不上來。

我們走回教室的途中，向春日的聲音忽然出現在後頭。

「黎莐。」

「怎麼了？」

他的背後是一片陽光，不管何時，他總是帶著太陽的光輝，如此耀眼。

「好久沒吃冰了，放學後要不要去花之冰？」

「怎麼約今天啦，星期五我才可以一起去啊！」涂晶晶這個住宿生抱怨著。

我笑了幾聲，「是啊，等星期五吧。」

向春日聳聳肩，沒再多說什麼。直到放學後，常大爲站在教室門口等我時，向春日忽然拉住我。

「黎菈，還是今天去吧。」

「啊？可是晶晶她……」我東張西望找尋涂晶晶的身影，但她已經先回宿舍去了，我看了眼站在門口的常大爲，「而且我已經有約了。」

「跟死魚眼？你們在交往嗎？」

這句話頓時讓我臉紅大喊：「沒有！怎麼可能！」

一說完我就立刻後悔了，轉頭看向常大爲，他依舊沒有表情，可是我看得出來，他心情不是很好。

「好吧，如果今天你們已經約了，那我們就改天吧。」向春日笑著放開我的手。

「黎菈，我只是過來跟妳說，我和小唯要去看新出的材料模型，如果妳有事情的話就去吧。」常大爲第一次在別人面前說這麼多話，讓向春日和班上的同學們都有些吃驚。

「我第一次聽到他的聲音。」我甚至聽見有人這樣說。

「那我們就今天去吧。」向春日拉起我的手往前門走。

「可是……常大爲，你什麼時候跟小唯約好了？」我先掙脫向春日的手，看著常大爲。

他沒有回答，轉身就離開了。

「死魚眼還是一樣很冷淡。」向春日拍了拍我的肩膀，「走吧，我請客。」

我抿著唇，總感覺不對勁，但還是拿起書包跟著向春日走。

自從我向他告白後，就沒再一起來過花之冰，今天再來，心情完全不同。

「黎菈，老樣子對吧？」我點點頭，向春日幫我點了檸檬清冰，自己則點了豪華水果盤，他總是點一些很誇張的冰品。

「再來就要入秋了，好一陣子沒辦法吃冰，快吃吧！」向春日大口舀了一匙放入口中，被凍得直衝腦門。

「你也小口一點。」看著他閉眼扶額的模樣，我不禁笑起來。

「總覺得很久沒看見妳的笑容。」

「怎麼會？我每天都有笑啊。」

「我是說，對著我的笑容。」

向春日的認眞表情讓我一瞬間有些害羞，畢竟我曾經很喜歡他，當然現在也不討厭他，他依然是我最特別的朋友。

「哪有啊，我跟平常一樣。」我緊張地抓了抓自己的瀏海，視線移向一旁。

「但是跟之前不一樣了。」向春日又說，逼得我又看向他。

突然間，我好想好想哭。

「快吃冰啦！」我急忙塞了一大口冰到嘴裡，想用凍得衝腦的感覺壓抑住哭泣的衝動。看來很成功。

「所以死魚眼跟妳告白了？」他又問。

我默不吭聲，想必表情已經告訴他答案，向春日聳聳肩，咬了幾口水果，又丟了幾個到我碗中。

「所以，妳答應了喔？」

「向春日。」我眞是受夠這種感覺，「我被你拒絕了，雖然還沒有完全忘了你，但我正在努力。」

向春日瞪大眼睛。

我站起來，「所以，不要這樣，不要這樣打探我的感情生活，也不要這樣讓我誤會，向春日，拜託你。」

「黎莌，對不起。」向春日急切地跟著站起來。

噢，到了現在，向春日的道歉，還是讓我很難過。

「覺得對不起，就你請客吧，我先回去了。」我說，然後像是逃命般離開現場。

我的腳步不自覺往那天向春日對我說後悔給我機會的公園走去，已經過了半年之久，但站在這裡，那天所發生過的一切仍歷歷在目。

我以為我又要哭了，可是另一個畫面卻讓我震驚到忘了回想。

常大為跟岳小唯坐在前方的長椅上，我不知道他們上一秒前在談些什麼，但此時，只見岳小唯靠在常大為的肩膀上微微顫抖，而常大為的手則環在她的肩上。

我想裝作若無其事走過去，問他們在幹麼，我的腳卻舉步艱難，眼前這一幕令我窒息不已。

咚的一聲，手上的便當盒掉在地上，常大為只是眼睛往後一瞥，我連他是否看到我都不知道，便趕緊撿起便當盒，立刻離開公園。

這公園一定跟我犯沖！先是向春日，現在是常大為。

結果我就哭了，我不明白這眼淚是因為向春日，還是剛剛的常大為。

我沒特別設定方向就往前跑，腳卻自動帶我來到河堤，正想轉身離開，卻見常大為氣喘吁吁地跟在後頭。

「你幹麼跟著我！」

「那妳幹麼跑？」他用手背擦了擦鼻子，「妳不是跟七號有約？」

「吃個冰而已。」

他雙眼圓瞪往我靠近，我本能想往後退，腳卻動彈不得。

「妳在哭什麼？」常大爲眉頭一皺，「七號又跟妳說了什麼嗎？」

「沒有！」我反駁，眼淚卻流得更凶，可惡，快停啊！

「那妳在哭什麼？」他又更靠近我。

「你走開啦！不是向春日的關係！」我推他，他卻連一吋都沒有移動。

「那是什麼關係？不會是考試考糟了吧？」他怪叫著，我用力捶了他一下，怎麼就不會想到是他自己！

「不是！是你啦！」

「我？」他頓了頓，有些不敢相信，「我做了什麼嗎？」

我咬著下唇，別過頭。

「我不是讓妳跟七號去約會了嗎？我沒有讓妳爲難，所以我才說跟小唯有約。」他湊到我面前，結果我一肚子火，打了他一下。

「就是這個！就是這樣！」我大聲吼著，「你果然會錯意了，那就跟我講清楚啊！」

常大爲根本聽不懂我在講什麼，可是不善言詞的他又不知從何問起，只是慌慌張張地看著我。

結果他這笨拙的模樣，竟讓我覺得有些好笑，導致我哭笑不得。

「黎莌，到底怎麼了？我不夠聰明，不說清楚我根本不會知道。」常大為嘆氣。

一個全校第一名的榜首跟我說他不夠聰明？

「為什麼剛剛在公園裡面，岳小唯會……」靠在你肩膀上？

「她心情不好。」

「所以你就……」還抱著她安慰？

也許是因為我的臉氣到變形，常大為這遲鈍的人終於發現我在意些什麼，他先是微張大嘴，一臉不可思議地瞪著我，然後笑了起來。

「你、你笑什麼！」我更生氣。

「抱歉抱歉。」常大為還是笑個不停，儘管他努力克制。

我轉頭就要離開，常大為立刻捉住我的手腕，「我沒想到妳會在意這些，這樣是好的發展對吧？」

好吧，有時候，他講話的確直接到讓我無法接話。

不過我的臉已經代替我回答了，畢竟我不會無緣無故臉紅，所以常大為居然大膽地拉起我的手，沒有十指交握也沒有緊緊牽住，只是輕拉著。

「別人都說我跟小唯是烹飪社的『大小為』，大為負責做菜，小唯負責裝飾。」

現在說這個幹麼？我要抽回我的手，他用很輕卻不允許我拉回的力道搖晃著。

「就只是這樣，我和小唯就只是這樣的關係，我說過我喜歡妳，我還沒白痴到搞不清楚愛情跟友情的差別。」常大為聳聳肩，「小唯也一樣，僅止於此。」

「可是她靠在你肩膀上哭，落花有意流水無情！」

「妳還知道這句話啊。」見他還有空損我，我用力在他的虎口捏了一下，看見他吃痛的表情我滿意許多。

「放心啦，小唯絕對不可能的，至於我爲什麼能這麼肯定的原因，抱歉不能說，但就是這樣。」

「世界上沒有絕對。」

「我和她就是絕對。」常大爲瞇眼笑了。

好吧，看在他那樣的笑容，我什麼話都吞回肚子去。

「看，它們快要結果了。」他抬頭往另一邊的行道樹望，我也看過去。「十月開始是它們的結果期。」

「我眞的覺得台灣欒樹跟你很像。」聽到我這麼說，常大爲打趣地看著我，「看起來呆呆笨笨的站著終年不動，可是卻永遠在那兒守護，只要願意抬頭，就可以發現四季都有不同顏色的風景。」

雖然類似的話我之前就說過，這一次我卻更加害羞，刻意乾笑幾聲掩飾，而常大爲的眼神卻溫柔得像是柔軟的棉花。

原本只是輕拉的手，何時變成輕握了？

我想，我對常大爲一定還不到喜歡，可是卻逐漸在往那個方向前進著。

第十一章

不可能，人不可能一次愛兩個人，剖了一半的心要怎麼去愛人？一點也不完整。

不知不覺間，黑板上倒數的數字已經來到五十天。常大爲依然會幫我在課本上做筆記，而我也依然固定每個禮拜到常大爲家念書，有時候岳小唯也會一起出現，雖然沒有之前那麼介意，但還是會在意。

直到某天，我看見岳小唯站在走廊上看著另一個女孩時，臉上浮現出的溫柔表情，我才明白常大爲說的「絕對」。

「她是大爲班上的女生。」當我詢問岳小唯時，她也沒想要隱瞞。「我前陣子才知道她有一個青梅竹馬的男朋友。」

所以她才會趴在常大爲身上哭。

「放心啦，我對大爲沒有興趣，如果哪天我眞要選個男的，也會選妳班上的向春日。」她對我眨眨眼，眼睛瞥了眼正在教室裡和涂晶晶聊天的向春日。

「妳、妳說什麼啦，什麼放心不放心的。」我扭著衣角。

「妳在害羞嗎？哈哈，好可愛喔！」岳小唯興奮地叫著。

「吵什麼？」正巧上完體育課的常大爲從樓梯走上來，一聽見岳小唯和我的怪叫聲便走過來。

「大為，你來得正好！我跟你說啊……」

看見岳小唯就要過去加油添醋亂說話，我趕緊哇哇叫地捂住她的嘴巴，衝著常大為喊：「沒你的事情，快回教室去！」

常大為先是看看岳小唯再看看我，挑了挑眉毛後居然露出不懷好意的笑容，伸手將我的手從岳小唯嘴巴上拉開。

「什麼啊？」他語尾還上揚。

「沒什麼！」

「妳手勁眞大啊！大為，我跟你說……嘿！抓不到！」在我伸手要抓回岳小唯時，她卻機警地跳到常大為背後，對我吐舌頭。

「妳不要亂講話！」我大喊。

「大為，你看見了嗎？黎莐的臉好紅，我還是第一次親眼見到有人會臉紅的。」她竊笑著。

「她很容易臉紅。」常大為也笑起來。

好啦，這下子不用照鏡子我都知道，自己的臉更紅了。岳小唯別有深意地竊笑，眞是夠了，就連常大為的眼神都柔軟得要命。

「不鬧妳了。」常大為伸出手揉揉我的頭髮，再對小唯說：「小唯，社團的月結清單妳到底看了沒？」

「啊！對耶，我快點來核對一下。」兩個人拉拉扯扯地對我說再見，一起往社團教室跑去。

我咬著下唇，站在走廊上想讓臉部表情緩和些再進教室，涂晶晶卻走出來想跟我聊八卦，所以我搶在她開口前先說：「別猜了，他跟岳小唯沒關係。」

「他解釋妳就相信嘍？」

「我相信，而且那就是事實。」我補充。

「妳變了欸，不會聽我這個朋友亂說話，而是相信自己所看見的。」涂晶晶皺眉。

「這是稱讚嗎？」我失笑。

「當然是啊。」然後她欲言又止，我嘆氣，要她有話快問。「妳知道嗎？這不是我要問的喔，我是幫人家問的。」

「什麼啊？」

「妳喜歡常大為嗎？」我露出好奇的眼光，涂晶晶聳聳肩，「更正，我用他的口吻來問，『黎莯是不是喜歡死魚眼啊』。」

我張大眼睛，涂晶晶瞥了眼教室，我往後看，向春日坐在他的座位上看著我，就那樣靜靜地看著我。

✺

向春日最近的表現很奇怪，我很難不去在意，但我又不想追問。

「妳在想什麼？」常大為正在改專門為我出的考卷。

「沒有。」我說謊了，但我覺得這件事情別跟常大為講比較好。

寒假時，我依然維持去常大為家念書的習慣，只是一個禮拜改為兩次。有一次還遇見他的父母，從頭到尾他們都認為我是常大為的女朋友，不管我們兩個怎樣解釋否認都被當成是在害羞。

「我上次模擬考又進步了二十名。」

「妳還可以更進步。」常大為在考卷上打勾。

「後天就開學了，開學不久就第一次模擬考，然後就是學測了，我不認為可以在這麼短的時間進步到哪裡去。」我聳聳肩。

「別小看自己啊，說不定妳是黑馬。」

這個全校第一名的在跟我講什麼啊？我瞥了他一眼，問：「喂，常大為，你要考哪間大學？憑你的話，第一次學測應該輕而易舉吧，所以該準備備審資料了？」

「哪間都好，再看看。」他看我一眼，沒說什麼，我卻了解他的意思。

「我不可能和你考上同一間啦。」雖然殘忍卻是實話。

他聳聳肩，「誰知道呢？」

「不可能就是不可能。」我搖頭，他將考卷還給我，七十分。「你看，這題目我都考不好了。」

「還有五十幾天，加油吧。」然後他又摸了摸我的頭，我憨憨地笑起來。

剛從常大為家念完書離開，一如往常，常大為送我到公車站牌，但今天才剛下樓，他就接到父母的電話，要他幫忙處理事情。

「我自己走就好了，掰啦！」對他揮手，我往公車站牌跑去。

「再打電話給妳。」

我腳步雀躍地來到公車站牌，成績進步、人際關係也不賴，總覺得最近一切都很順利。哼著歌在站牌等公車，然後我聽見了腳踏車輪轉動的聲音。

「黎䒾。」向春日的聲音倏然出現。

「你怎麼會在這裡？」我有些訝異，因爲常大爲和向春日的家並不近。

「要不要我送妳啊？」他問。

我用手機查了下一班公車的抵達時間，還有十五分鐘才會來，於是我點點頭。

「那走吧。」向春日露出非常耀眼的笑容，踏上腳踏車，我也跨上去，無意間看見地上躺著的粒粒紅色果實。

抬頭一看，台灣欒樹正結成蒴果，一整排的美麗黃花綻放著。

「等等！」在向春日踩動踏板前，我喊出聲來，然後跳下腳踏車。

「怎麼了？」

「我只是覺得……我還是在這裡等公車好了。」

「爲什麼？我送妳比較快啊。」

「可是你家離我家很遠，就不麻煩你了。」

「我不是說了我送妳。」向春日不知道在堅持什麼。

「不用啦！」我可能口氣沒很好，向春日也沒再多說。

我坐回一旁的椅子上，向春日則將腳踏車停在一邊，坐到我旁邊的位子，我有些訝異地望著他。

「陪妳等吧。」他雙手插在口袋內。

「其實不用。」

結果他不理會我，眉頭皺著不知在想些什麼，我們兩人不發一語，大概過了五分鐘後向春日才問：「妳來這幹麼？」

「也沒幹麼……」噢，爲何我下意識選擇不說實話？

「死魚眼住這附近對吧？」

「你知道？」頓時我覺得一陣惱怒，「那你爲什麼還要問我？」

「你們在交往？」他不理會我的問題。

「只是來念書！」我很生氣，「你幹麼對這件事情這麼關心？」

「黎莐，妳喜歡死魚眼嗎？」

「向春日，常大爲的眼睛其實一點也不死魚，也許你該好好跟他面對面說話一次。」我厲聲說著。

「黎莐，妳變了。」向春日睜圓的眼睛裡，有著許多翻騰的情緒。

「涂晶晶也這麼說。」

「那你還喜歡我嗎？」

這一次換我瞪大眼睛，「向春日！」

「可是我喜歡妳了。」

「向春日！夠了，這一點也不好笑，請你別這樣！」我站起來大吼，我很生氣，卻又好想哭，向春日這種反應算什麼？他爲什麼要這樣一而再、再而三地干擾我？

「我沒有怎樣啊，我只是說了我喜歡妳。」向春日喊著。

「你不是分不清楚？你不是後悔了？」想起那個公園、想起那天的雨、想起向春日的話，直到現在，依然壓得我難以喘息。

「黎莐，聽我說，」他拉住我的手，用那種乞求的目光看著我，而我永遠無法拒絕。

「我終於明白一直以來，那些曾經的女朋友們爲什麼說我不喜歡她們，因爲我不會嫉妒。」

我咬著唇別過臉。

「我對她們不會嫉妒，不管有多少人追她們還是喜歡她們、不管她們跟誰出去，我都不在意，我一直以爲那是我對她們夠信任的表現，可是現在我才知道，嫉妒是不管多麼自信或是信任都一定會產生的東西。」向春日搖晃著我的手，「妳懂我意思嗎？」

「向春日，你放開我。」我告訴自己，絕對不可以看他的臉。

「黎莐，我不想看到妳的眼光漸漸轉移到死魚眼身上，我也不想妳的笑容不再是對著我，以前我知道妳喜歡我，就算死魚眼喜歡妳我也無所謂，可是現在不同了。」他又輕輕搖晃我的手，這一次帶著懇求，「妳對我眞的完全沒有感覺了嗎？一點都沒有？」

我的心正強烈動搖著，要說對向春日完全沒感覺是不可能的，畢竟我喜歡他一年多，畢竟我是被拒絕的那一方，向日葵沒有了太陽，要怎麼活？

「向春日，你眞的很過分，爲什麼到了現在，你才……」我說不出話來，濃濃的酸楚狠狠卡在喉嚨。

向春日也站起來，將我摟進懷中，在我耳邊喊著我的名字。

我掙扎了很久，最後還是回抱了他這顆炙熱的太陽，他曾燙傷我，卻也溫暖我。

我們一直擁抱到公車都走了，向春日才帶著傻笑放開我，他的耳根都紅了，這我倒是第一次見到。

「我送妳吧。」他說，而我沒有拒絕。

一路上我手拉著他的衣角，內心既豐滿又空洞，我腦中一直閃過常大爲的臉。

我和常大爲並沒有交往，可是我那些舉動又算什麼？

難道我眞的是這麼糟糕的女人？得不到向春日所以尋求常大爲的慰藉，而向春日一回頭我又奔向他，那常大爲呢？

這問題還沒有答案，就已經到了我家。

「謝謝你。」我小聲說，轉頭就要逃進家裡，向春日卻拉住我。「做、做什麼？」

「我們這樣算是交往了嗎？」向春日扯著嘴角，表情有著無限尷尬，感覺得出來，他非常不習慣說出這樣的話。

「不、不是。」

他很訝異，「我喜歡妳、妳也喜歡我，爲什麼不是？」

「向春日，現在已經不是一年前了，再五十天就要考試，而且有很多東西不一樣了，我……」

「但妳還是喜歡我，不是嗎？這並沒有問題啊，我可以教妳念書。」向春日笑著，又給我一個擁抱。「我眞的喜歡妳。」

這句話我曾經夢寐以求，可是爲什麼現在……卻覺得很痛苦？

「我、我要再想想看。」我推開他，回頭往家裡跑去。

結果當天晚上，向春日打了兩通電話過來，常大爲卻沒有半通。

我一面和向春日說著不著邊際的話，一面想著是不是該打給常大爲，可是直到睡前，我還是沒有打給他。

開學當天，我一下樓，就看見向春日倚著腳踏車在等我，這讓我訝異極了。

「我來接妳。」他笑著，眼角有那好看的笑紋。

「你幾點到的？」

他看了看手錶，「十五分鐘前吧，還好，時間抓的算準。」

「那你幾點就出門了？」

「這不重要，快上來吧，黎莐。」他跨上腳踏車催促著我。

「你總是會這樣接送女生嗎？」我坐上後面硬硬的座椅。

「幾乎都會送，可是接倒是第一次，」他轉過頭對我嘿嘿笑著，「因爲早上我不太起得來。」

「那你幹麼……」

「因爲我喜歡妳，我是說，在我眞正了解喜歡的定義後，妳是我第一個喜歡上的女生。」

「你……」

「黎莯，雖然我交過女朋友，」向春日沒有轉過身來，可是他的聲音在微微發抖，連耳根也泛紅，「但妳是我的初戀。」

我的頭抵上他寬大的背，忍不住淚流滿面。

這句話，比所有的告白都來得更動聽，我咬著唇，不讓他發現我在哭。

「下次……再做煎蛋卷給我吃吧，世界第一好吃。」

你不是說烹飪社的學妹做得更好吃嗎？我想這麼吐槽，可是此刻，除了眼淚以外，我什麼都說不出口。

結果我們就這樣子進到學校裡面，向春日很受歡迎這是大家都知道的，但是向春日的腳踏車從來沒有載過人，就連我和涂晶晶也沒坐過。

所以這一幕引起眾多人的猜想，更重要的是，以前我喜歡過向春日，這是班上大家都知道的事實。

「你們終於在一起了喔？」

「哇塞，很敢欸，都要考學測了！」

「畢業會不會就分手啦？」

「我還以爲妳會跟死魚眼在一起。」

班上八卦聲不斷，但最後一句話讓我的心臟漏跳了一拍，同時也引起向春日注意。

「我們沒有在一起啦，別瞎猜。」他在我出聲前先制止了班上的喧鬧，「快回座位，要上課了。」

我總覺得心中有口氣不暢快，回頭看了涂晶晶一眼，她的表情很是複雜。

「說！到底怎麼回事？」下課鐘聲一響起，涂晶晶就立刻拉著我來到樓梯旁，壓低聲音威脅我。

原本我打算下課去找常大為，但現在不說清楚似乎走不了，所以我只得將事情全部告訴涂晶晶。

只見她眼睛和嘴巴越張越大，在她尖叫出聲之前，我連忙捂住她的嘴巴。

「鎮定！涂晶晶！」我吩咐著。再三確認她不會亂尖叫後，我才鬆手。

「真假的……靠，真的假的啦！」這是她第二次對我罵髒話了。

「我也很想問真的假的。」

「喂，這簡直是奇蹟啊，你們折騰這麼久，終於可以在一……可是為什麼妳看起來不是很開心？」

「我也不知道，就是覺得胸口怪怪的、悶悶的，感覺事情不該是這樣發展。」

「是不是因為妳喜歡上常大為了？」

我的臉頓時刷紅，同時卻搖了搖頭，「我不否認對他的確懷有好感，可是總覺得還不到喜歡，而且，我的確還是很在意向春日，他隨便講一兩句話，我就忍不住哭泣。吶，妳說，我這樣子是一次喜歡兩個人嗎？我這樣子是不是兩邊都不想放手？」

她思索了一會兒後，斬釘截鐵道：「不可能，人不可能一次愛上兩個人，剖了一半的心要怎麼去愛人？一點也不完整。黎菀，妳現在只是過渡期，等到雨過天晴，妳就會明白自己喜歡哪一個人。」

「這好不像妳會說的話喔，以前妳應該會站在向春日那邊，說著『妳就是喜歡他』之類的話。」我笑著。

「是啊，我好像也改變了一點。」她用頭碰了我的頭一下。

交了男朋友以後的涂晶晶，手上已經不再有閃亮亮的指甲彩繪或是華麗的水晶指甲，但我覺得她依然亮晶晶。

一整天，我都沒看見常大為，明明就在隔壁班，要見他卻變得很難。

首先，每堂下課向春日都黏著我不放，而常大為也沒再來借課本，我想過要傳簡訊，卻不知道要傳些什麼。

放學後，我背起書包就要往常大為的班級走去，可是向春日卻擋在我前方，面帶微笑地說：「我送妳回去吧。」

班上同學發出各種起鬨的聲音。

我感到好彆扭，壓低聲音說：「我自己回去就可以了。」

「可是……」向春日拉住我的手，「妳要跟那個死……」

「春日！」涂晶晶從座位上站起來大喊。

「怎麼？」

「你過來。」

「我現在……」

「過來！」

也許涂晶晶難得展現了這頗有女王架勢的威嚴，所以向春日也不得不過去。涂晶晶對我使了個眼色，我立刻離開教室。

當我正要離開教室門口時，涂晶晶的細碎話語飄進我耳中。

「……切勿操之過急……」

我只聽到這幾個字。

我先是在常大爲的教室門口稍微張望一下，沒見到他的人，接著便往公車站牌跑去，看見他正要踏上公車的背影。

「喂！常大爲！」我大喊，他身體一頓，看了我一眼。「下來！下來下來！」

我連續喊著，他對司機先生說了句抱歉，然後站回人行道上。

他面無表情中藏著一絲驚訝、一絲驚喜。

我喘著大氣跑到他面前，想說話卻一直說不出來，自從高一運動會後我就不曾這樣全力衝刺過了。

「妳急什麼？」常大爲笑了聲。

「我怕、我怕你、你又……又自己先走了。」好不容易講完這句話，我從書包裡拿出水喝了一大口，「幹麼跟消失一樣？」

「我沒有消失。」

「還說沒有，課本也不來借，晚上也不打電話連絡！」睜眼說瞎話，這就好像很久之前，我跟向春日告白以後，常大爲的反應。

忽然我抬頭，愣愣地問：「你看到了？」

「我送妳回去吧。」

「喂，常大爲。」

他不理會我的問題，伸手招了我平常搭的公車，逕自上了車。

我咬著唇，也跟著上車。

「黎莌！」在公車門關上的瞬間，我聽見向春日的叫聲。

「明天見。」我對向春日喊。

常大爲坐在最後面的窗邊，我上前坐在他旁邊。

一路上我試圖開口，但他就是不回答，所以我也放棄對話，快到站時按了下車鈴，常大爲也起身跟在我後頭。

但我還不想這麼快回家，因爲如果就這樣算了，我有預感，常大爲也會就這樣算了，他最會做的事情就是裝傻！

所以我往反方向一直走，常大爲的腳步聲一度中斷，隨後還是跟上了我。

我們就這樣走到了那個公園，我坐到鞦韆上面，用眼神看了他的臉再看著旁邊的鞦韆。

常大爲明白，所以坐上另一邊的鞦韆。

「喂，常大爲，你是不是看見了？」我又問一次。

過了半晌，他才輕嗯了聲。

「七號也喜歡妳了？」常大爲聲音很輕。

他說，那天他回家處理完事情後，抱著姑且一試的心情來到公車站牌，卻看見向春日和我正在大聲爭執著，他聽不見我們說了什麼，可是最後看見向春日抱緊我，還有我回抱的動作。

「那是因爲……」我想解釋，常大爲也看著我，等我解釋。但我說不出任何話。

「黎蔙，太陽會讓我們晒傷，皮膚會紅腫刺痛，可是，向日葵不能沒有太陽。」他站起來，「喜歡的人也喜歡自己，是好事情。」

「常大爲，我什麼話都還沒說……」你不要妄下定論。

「什麼也都不用說，我想當下的反應才是最眞實的。」他看著我，露出一貫溫暖的微笑，「不用覺得自己哪裡不好或是怎樣。」

我站起來拉住常大爲的手，感覺不這麼做，他就要到我伸手不及之處了。

「黎蔙，我喜歡妳，但更喜歡覺得快樂的妳，如果妳在七號身邊是最幸福的，那就可以了。」

從頭到尾，常大爲都掛著笑容，溫暖得要命，就算他很難過，卻沒有表現給我看。

「對不起……」我放不開向春日，又不想對不起常大爲，可是到最後，我唯一能說出口的，卻還是只有這句話。

天空下起了毛毛細雨，常大爲抬頭看了看，「下雨了，快點回家吧。」

「常大爲，我們、我們還是……」還是朋友嗎？

這句話對現在的我來說，太過自私。

「考試加油，我教了妳這麼久，希望不要白費。」他伸出手想摸我的頭，最後還是停在空中作罷，「那……再見。」

常大為轉身，天空突然下起大雨，而他卻只是徐步前進。

我的眼眶被雨、被淚弄濕，讓我看不清楚常大為的背影。

去年，在同樣的地方，向春日說了後悔，那時候天空也下起大雨，而常大為這棵大樹卻為我撐起了傘。

現在，是我自己逃離大樹的林蔭，任憑風吹雨打，只為了太陽露出的光。

吶，常大為，今後，你又會給予誰庇護？

終章

我一直想，如果能令妳開心的人是我，那該有多好。

「終於！終於考完了！」學測第二天最後一科考完後，涂晶晶忍不住大喊，我連想叫她小聲點的力氣都沒有，除了因爲我已經完全虛脫了，更因爲周遭其他人也都這麼齊聲大喊。

「就跟一般模擬考沒兩樣啊。」向春日打了個哈欠，與其說是剛考完學測，還不如說他是剛睡醒。

「你給我閉嘴！」我捏了他手臂一下，他哀哀叫的嘴角卻帶著笑容。

「熱熱熱！」涂晶晶大喊，我立刻瞪她一眼。

「誰才熱！看看是誰在等妳？」我指著前面的告白男，涂晶晶一臉嬌羞，朝對方跑去。

「明天見啦！」涂晶晶揮手跟我們說再見，另一隻手牽起告白男。

「走吧。」向春日對我扭著腦袋，朝我伸出手。

「走吧。」我回給他微笑，將手放到自己的口袋。

他只是扯扯嘴角，與我並肩走到公車站牌。

「下禮拜要不要一起去哪裡玩？」

「剛考完試，我想要好好休息。」我言不由衷地說。

「考前妳說要準備考試，考完試妳說要休息。」向春日抱怨，見我不說話，他搔著頭道：「妳說的也沒錯，抱歉。」

「不要跟我說抱歉，不然，下禮拜我們去看電影之類的吧？」聽我這麼一說，向春日立刻高興地點著頭。

「我超期待的。」

看見他這樣的表情，跟一年以前大不相同，那時候是我比較期待。

我只是掛著微笑，眼睛卻瞥見對面的人行道樹，台灣欒樹已經過了結果期，現在是冒出新芽的季節。

我的思緒飄得好遠，飄到另一個人身上，突然我看見對面的公車候車亭裡，有一抹熟悉的人影。

那是常大為，他坐在那裡看著手中的小說，他並沒有抬頭，我想他沒發現我，但是此時此刻，我卻強烈地、強烈地希望他能抬頭。

「黎莐，公車來了。」向春日招手，在公車交錯的瞬間，我看見常大為抬頭，準確地對上我的雙眼。

「我、我想到我……」

「快上車了。」向春日拉起我的手往公車上走，我的雙腳軟弱無力，跟著他上車，往對面看去，但那裡也擋了台公車。

「所以呢？妳想看什麼電影？」滿臉笑容的向春日滔滔不絕說著目前熱映的電影及評價，可是我的腦中只想起剛剛四目相對的瞬間，常大為的眼神好像回到高二初識那時，那麼悠遠，那麼陌生。

我眞的討厭死自己，爲什麼跟常大爲在一起，我想著向春日，現在卻反過來？涂晶晶之前說這是過渡期，但是都過了好幾個月了，過渡期會持續這麼久嗎？

「我問妳一個最直接的問題。」涂晶晶聽完我的煩惱後，難得認眞地看著我，「妳跟哪一個人比較親密？」

「親密？」

「就是，肢體接觸那方面。」

我整張臉通紅，「都、都差不多吧。」

「是喔。」她歪頭思考了一下，「這麼說吧，妳用想像的，妳比較想跟誰接吻？」

「涂晶晶！我很認眞在問妳！」我尖叫。

「我也是很認眞回答啊！」涂晶晶也大聲回應。

「什麼什麼？妳們在討論哪一題的答案嗎？」手裡拿著報紙解答的班上同學湊過來想加入討論。

「不是啦，走開走開！」涂晶晶擺擺手，打發掉他，繼續認眞看著我，「我是說眞的，妳想像看看又不吃虧。」

「我不想做這種想像。」

「妳眞是死腦筋！」涂晶晶又生氣了。

我別過頭，看著在走廊邊和岳小唯說話的常大爲，他的臉上偶爾露出的笑容讓我覺得很陌生。岳小唯察覺我的視線，對我招手，常大爲也轉過頭來，我一愣，剛想扯起笑容，上課鐘卻響起，岳小唯跟我揮手再見，常大爲也對著我點點頭回到自己的教室。

胸口有股超級不暢快的氣，打完球的向春日從外面回來，一屁股坐在我旁邊的位子問起我決定要看什麼電影沒，我隨便說了部動畫電影，他皺皺眉頭，卻也沒有拒絕。

每堂課的老師都會檢討學測題目，這樣子粗略算起來，我考得還不差，可是距離我想念的大學還有段距離，所以我殘忍地發現自己要考七月指考的事實。

涂晶晶這女人也許可以如願和她的告白男上同一間大學，爲此她高興得要命。我基於酸葡萄的心態，說了句誰知道他們就算上同一間大學後會不會分手，結果換來涂晶晶惡狠狠的四下毒打。

「哈哈哈，黎莌，妳難得嘴巴會這麼毒。」向春日哈哈笑著。

「看你這麼開心，怎樣？粗估落點在哪間學校？」

「我想要的沒問題，可能可以更好。」向春日志得意滿。

「哼，你考太好的學校，萬一黎莌考不上怎麼辦？」涂晶晶因爲剛剛被我損過的關係，不甘示弱地說著。

「那又沒關係，黎莌可以去自己想去的學校，我們不一定要念同一間大學啊。」向春日的回答倒是出乎我意料。

「這麼放心？你不怕她跑了？」

「涂晶晶，妳在說什麼啊？」我拉了她，向春日看著我，然後笑起來。

「跑了再追回來，我有自信，不管離得多遠，我們什麼都不會變。」

這句話讓我和涂晶晶都愣住了，雖然很像向春日會說的話，可是他從來沒這樣說過關於感情的事情。

「可惡！羨慕嫉妒恨！」涂晶晶抓頭大喊。

我有些無奈地看著向春日，他的笑容很和煦，陽光不再發出刺眼炙熱的光芒灼傷我。

可是我卻還是懷念大樹的林蔭。

「春日眞的眞的很喜歡妳，有時候他對妳的態度，我在旁邊看得都不好意思了。」涂晶晶星期五放學時和我在花之冰裡頭說。

「可是我……」

「還在猶豫？」

「嗯……這樣是不是很討人厭？」

「也還好吧，畢竟是妳的初戀，多考慮些有什麼不好？」涂晶晶眨眨眼，「況且兩邊都這麼優秀，是我的話可能也難以抉擇，但我是春日派的，畢竟他的臉是我的菜。」

「妳又這麼說，小心妳的告白男生氣。」我揶揄她。

「怕什麼，他又不在這裡。」說歸說，她還是東張西望了一下，「況且我現在是和他在一起。」

「是這樣齁。」

「那當然！」涂晶晶嚥下一口冰，「老實說，我還是覺得常大爲沒有很喜歡妳。」

我聳聳肩。

「因爲他對任何事情總是平淡淡，就連春日回頭這件事情，他不也都祝妳幸福嗎？總覺得他放得好開，走得好瀟灑。我的意思是，如果他眞的很喜歡你，怎麼有辦法這麼理性？應該多少會要妳考慮一下吧。畢竟……畢竟你們之前，有那麼一點曖昧。」

涂晶晶說的話我不是沒想過，但我還是轉移話題。「對了，妳之前說過，在喜歡向春日的時候，從沒想過可以喜歡上下一個人。」

「是啊，我那時候以爲只有兩種結局，要嘛我和春日在一起，要嘛妳和他在一起，我在旁邊暗自落淚。我從沒想過，會有另一個人出現。」

我點點頭，在公園大哭的那天，我也沒想過常大爲會這樣撐著傘踏進我的世界，我也沒想過，如今向春日說了喜歡我，我卻還在爲常大爲猶豫。

是不是如果常大爲沒有在那時候出現，今天我就可以毫無顧慮地接受向春日？

但愛情該是這樣嗎？愛情是如果沒有A，那我就可以放心跟B在一起嗎？

難道愛情不應該是不管有沒有A的出現，我都會選擇B嗎？

「黎莚啊，我認爲呢，喜歡的人應該是唯一能令妳痛苦，卻也令妳快樂的人，他能給妳笑聲也能給妳眼淚，妳爲了誰哭比較多？爲了誰笑比較多？」

答案幾乎瞬間就出現在我腦中。

涂晶晶微笑了一下，「戀愛是生活，我們該選的是令我們快樂的，因爲眼淚可以擦乾，可是快樂是從內心源源不絕散發出來的。」

「涂晶晶，妳也要惹我哭了，還是我跟妳在一起？」

「那妳可要先打敗我男友才行。」她哈哈笑著。

我們兩個在花之冰裡頭噁心地抱來抱去，我想也許、也許，我眞的有了決定。

週末，我和向春日約早上十點碰面，我算過時間，九點起床就來得及。

十點，我準時出現在約定地點，卻發現向春日像是早早就到了，他站在商店的玻璃櫥窗前不時整理自己的頭髮，滿臉興奮的模樣卻讓我很難過。

「向春日，早啊。」

「喔喔，妳來了，我已經買好票了！」向春日害羞地看著我，「我都規畫好了，看完電影出來剛好可以去吃午飯，這附近有一間很好吃的義大利麵，之前妳說過想吃。」

「是啊。」我有些驚訝，他居然還記得。

「對了……妳今天穿這樣很好看……走吧走吧！」他說完還很不好意思。

看著向春日往前跑的背影，我笑了聲，然後跟上他的腳步。

那部動畫的內容沒什麼特別，除了一度讓我微微想哭外，其餘的劇情就像是動畫SOP一樣，最後迎向皆大歡喜的結局。

後來向春日帶我去的那間義大利麵店眞的很好吃，我舌頭幾乎都要融化了，重點是價錢非常親民，當向春日說下次再一起來的時候，我點頭答應。

最後我們隨意到處逛著，經過那片公園時，我停下腳步朝裡頭看，向春日信步往裡走去坐到鞦韆上，我也坐上另一座鞦韆。

「那時候……我眞的很抱歉。」

「都過去了。」我眞的已經不再難過了。

向春日起身站到我面前，朝我伸出一隻手，「黎莐，妳願意跟我交往了嗎？」

陽光在他身後，沿著他的輪廓鑲邊，那金黃色的線從上延伸至他的手心，我看不清楚他的臉，因為逆光，因為眼淚。

我拉住他的手，從鞦韆上站起來，迎向他的目光，「向春日，我……」

「我想讓這個曾經讓妳傷心的地方，變成讓妳開心的地方，讓快樂的回憶覆蓋過去。」

「向春日，已經不用了。」

他滿臉疑惑，不明白我話裡的意思。

「這裡對我來說，已經沒有悲傷了，至少你帶給我的悲傷已經沒有了。」此刻，我臉上的淚水卻不是為了向春日。

「那天你離開後，在雨中為我撐傘的是常大為，這裡，的確曾經發生過很多難過的事，那些難過的回憶是你給我的沒錯，可是剛剛經過這公園，我所想起的卻不是那時候的你。」

我想到的是，靠在常大為肩上的岳小唯，那時候我既生氣又嫉妒，我想到的是那天在雨中離我遠去的常大為的背影。

這個公園令我難過，但不是因為向春日。

「向春日，我還是很喜歡你沒錯，可是那種喜歡已經不一樣了。所有地方，都已經有了常大為的影子，就連我和你走在一起，常大為還是一直出現在我心中。」

向春日擰著眉頭，握住我的手變得用力。

「我已經被常大為改變太多了，我已經回不去當初喜歡你的那個時候，說不定現在我站在你身邊，都只是一種我想對過去付出的喜歡有所交代的執著，愛情不該是這樣的，不應該。」

我不知道我的表達，向春日能理解多少，我也不明白這樣的說法，是否能讓他了解，我喜歡他，但已經不是那種喜歡。

忽然，他用力地抱緊我，「黎莌，一定還來得及的。」

「你不要這樣子。」

「黎莌，既然妳還喜歡我，就算妳心裡有死魚眼的影子也沒關係，時間問題而已。」

他的聲音在我耳畔低訴，帶著沙啞，我從沒聽過他這樣的聲音。

我大聲哭著，緊緊擁抱住他，「向春日，眞的不行了，光是今天就夠讓我明白一切了。去年，我一整晚睡不著覺，就等著和你一起過情人節，可是今天，我安穩地睡到九點，準時出現，我們的期待度已經不一樣了，什麼都不一樣了！」

我吼著，然後用力推開他，「向春日，時間來不及追回我的心離去的速度。」

「黎莌……」向春日垂下肩膀，「死魚眼知道妳喜歡他嗎？如果他也來不及了呢？如果……如果是那樣，那妳會回來我身邊嗎？」

我搖頭，「我拒絕你，不是因爲要跟常大爲交往，就算他已經不喜歡我，那也沒有影響。」然後我哭著笑了，「有些人的告白，不是爲了要在一起。」

很久之前，常大爲曾經這樣跟我說過，那時候我說不然告白要幹麼？可是現在我和他說出一樣的話。

向春日撐起一個苦笑，「妳眞的改變了很多，因爲他。」

「你也是。」因爲我。

他對我張開雙手，我自動投進他懷中，再次緊緊抱住我的向春日，身體微微顫抖著。

如果去年他就發現喜歡我、如果那時候常大爲沒爲我撐傘、如果去年我沒有和向春日說清楚、如果我沒有在向陽農場捨棄我的太陽……

太多如果，造就現在。

我曾經很喜歡很喜歡的人，我的初戀，今天在這裡永遠放手。

考試成績出來後，與我們之前估計的都差不多，向春日考上比預期更好的學校，當然面試也難不倒他，他成爲班上少數的準大學生之一。

涂晶晶和告白男眞是有情人終成眷屬，果然考上一樣的大學，還一樣的科系，打算從情侶晉升成班對。

而我收到幾間外縣市學校的面試通知，並不是不滿意，但我不想離開目前的生活圈，所以打算努力考指考。

岳小唯如願考上與自己心上人同一所學校，她還打算繼續那段她口中沒有結果的戀愛。然後，她告訴我，其實也不需要她特別跟我說，這是全校都知道的事，常大爲是全國榜首。

想當然耳，他哪裡都去得了。

我很爲他開心，可是，我卻不敢當面恭喜他。

我傳了簡訊恭喜他，他回了我：「謝謝，妳也加油。」

他又變回省話一哥了。

然而晴天霹靂的事情卻在幾天後發生，在教室就聽見遠遠傳來岳小唯喊著我名字的聲音，她衝進教室裡抓著我的肩膀大喊著：「妳要勸勸大為啊！他是傻瓜不成？」

我被搖得暈頭轉向，根本沒搞清楚狀況。

「死魚眼要考七月指考。」向春日在後頭補充，全班一起蛤了聲。

「是眞的！他瘋了啊！多少學校搶著要他，結果他卻要用指考分發？志願一塡不好，誰知道會落到哪兒去啊！」

我腦中嗡嗡作響，爲什麼？

岳小唯拉著我走到隔壁班教室，他們班說常大爲被老師叫去深度對談，一直到上課後，常大爲都沒回來。

「爲什麼不好好準備備審資料，你是榜首耶！」我傳了簡訊。

「妳專心念書就好。」他回我。

「你幹麼跟七月指考的人爭學校？」我又回。

「但同時我也釋放一個名額給推薦甄試的學生，其實沒有差別。」

「你父母沒有說什麼？」

「他們沒有妳說的這麼多。」

我對著手機螢幕咬牙切齒，「喂，常大爲，你怎麼了？」

「妳好好念書吧。」

然後不管我再傳什麼訊息過去，他都沒有回覆。

「該不會是失戀打擊太大，腦子錯亂了吧？」涂晶晶說完就被我敲了腦袋。

指考遠比學測更加困難，我花了更多時間與心力在書本上，我還是會看見常大爲的身影，但他像是在躲我一樣，我追過去，他就會逃掉，最後乾脆連學校都不來了。

「妳還沒跟他說啊？」在我眼睛下方浮現黑眼圈的時候，向春日手上滴溜溜地轉著一顆籃球，他依然像顆光耀四射的太陽一樣。

「還沒，他神龍見首不見尾。」我無力地說著，靈魂都要被課本給吸乾了。

「畢業典禮那天他就一定會在，逃也逃不了。」向春日笑著，是很努力地笑著。

所以我也回應了他的微笑，繼續低頭念書。

畢業典禮當天，看著在講台上致詞的常大爲，這居然是我這些日子以來第一次聽到他的聲音，然後我才意識到，這將是我最後見到常大爲的機會。

所以儀式一結束，我立刻想追上他。

可是常大爲不知怎樣，卻消失得更快。

我在畢業人潮中焦急地尋找著他，接著聽見腳踏車車輪轉動的聲音。

「黎萢，快去追他。」向春日將他的腳踏車推向我。

「可是我……我不知道他去哪裡了？」我又哭了，這些日子我自己都覺得煩了。

「妳該知道的吧！」他發脾氣地對我喊，「他一定還喜歡妳的，雖然我一直叫他死魚眼，可是我知道，他看妳的眼神是最溫柔的。而且，妳以爲他爲什麼推薦甄試能上卻選擇放棄，反而要考七月指考？雖然爲了女人改變自己的未來很蠢，可是也就因爲這種蠢，更顯得他有多重視妳！」

我看著向春日，捂住自己的嘴巴，「向春……」

「可惡！」向春日將他的愛車往地上一丟，緊緊抱住我，「黎莌，妳是我的初戀，所以一定要幸福！」

然後向春日用力推了我一下，再將腳特車扶起來，「快去！不然我要在這裡強吻妳了！」

我嚇了一跳，立刻跨上腳踏車，這才發現周圍的人不知何時都聚成一圈看熱鬧，我踩動踏板，奮力往門口騎去。

「黎莌！畢業快樂！」涂晶晶眼角含淚，站在校門口對我揮手。

「加油！」岳小唯拍著手。

我沒有回頭，往前騎去。

常大爲會去哪裡？

除了河堤，他還能去哪裡？

我沒有猶豫地往那個方向前進，果然沒多久就看見他的背影，我激動大喊他的名字。

他明顯愣了一下，彷彿有些不確定地轉過身，看到我以後，眼睛微微睜大。

我幾乎是從腳踏車上跳下來，踉蹌一下差點摔倒，迅速朝他跑去。

「妳小心點。」他說，「恭喜畢業了。」

「對，畢業快樂，除了這些，你沒有別的話想跟我說嗎？」

「什麼？」他不明所以。

「你爲什麼不說，不要我去向春日那裡？爲什麼不叫我留在你身邊？爲什麼不說這些任性的話？」我咄咄逼人地追問著。

「那些話沒有意義，妳快樂就好。」他別過頭，想要轉身，我卻一把拉住他。

「你又說這樣的話，只要我幸福就好？只要我快樂就好？你怎麼知道我在向春日身邊就是快樂？」我眼眶盈滿的淚水滴下來，常大爲慌了手腳，想幫我擦掉眼淚。

「七號又做了些什麼嗎？」他捧著我的臉，卻避開我的眼神。

「爲什麼你總是、總是認爲我是在爲向春日哭？」我打掉他的手，「就跟之前一樣，從沒想過我是爲了你！」

他睜大眼睛，有些不敢相信，「可是妳一直以來，都是喜歡七號……」

「常大爲，你究竟要笨到什麼地步？」我抱住他。

結果常大爲的腦袋還是轉不過來，他雙手扶在我肩上將我推開，「黎芃，我沒搞清楚狀……」

「我喜歡你，常大爲！」我看著他的眼睛，「在你身邊我才會快樂。」

常大爲的表情很複雜，瞬間我感到害怕，我只是想告訴他我的感覺，卻忘了去想，他對我的感覺是否依舊？

結果他別過臉，轉身往反方向走。

「喂，常大爲！」我追上去，他卻走得更快，「你等等我！」

彷彿回到我們第一次在這裡相遇的場景，又是這樣你追我跑。

然後他停了下來，我總算抓到他的衣角，

「你跑什麼！」我有些不高興，他的身體卻僵硬得要命，我轉到他面前，卻發現他哭了。

「你、你幹麼……」

一直以來常大為總是很冷靜，做什麼事都從容不迫，就連那天在公園我說要去向春日身邊時，他都轉身得很瀟灑。

可是現在，他卻漲紅著臉，眼淚不斷湧出。

他伸手擦掉，眼淚卻又再次流下，我想說些什麼，可是卻被他傳染，自己也哭了起來。

「雖然我說，去能讓妳開心的地方就好。」他的聲音斷斷續續說著，「可是我還是一直想，如果讓妳開心的人是我，那該有多好。」

「是你啊！一直都是你！也永遠會是你！」我緊緊抱住他，想讓他感受到我滿滿的心意。

常大為的書包掉到地上，他張開手，也把我抱個滿懷。

「黎莐，妳是我第一個喜歡上的人。」他在我的耳邊說著。

初戀是什麼？

是第一個喜歡上的人，還是第一個交往的對象？

向春日交過女朋友，他卻說我是他的初戀。

而常大為則說了，我是他第一個喜歡上的人，同時我們也是彼此第一個交往的對象。

我第一個喜歡上的人，是向春日，他是我的初戀。

很痛、很苦，是充滿眼淚與笑容的初戀。

我從不後悔喜歡上向春日，縱使我流了很多眼淚，也痛過好幾次，甚至迷失過自己，但是我依然很感謝喜歡過他的自己。

因爲若不是在向春日那裡受傷，我不會發現一直待在我身邊的常大爲。沒有向春日那段，就不會有現在我和常大爲的這段。

常大爲，是我的第二次初戀。

一直抬頭凝望太陽的向日葵，現在終於可以看見，與她一同紮根的台灣欒樹。

全文完

番外
春的眷戀

喜歡的人不喜歡自己，難道就是不幸福嗎？

我把玩著手上的籃球，讓它在指尖上旋轉，用另一隻手加快它旋轉的速度，就在食指尖端感覺有點灼熱刺痛的時候，籃球從指尖上掉下去，而我等的人也到了。

「什麼春，你到很久了嗎？」

「什麼什麼春，是向春日，都多久了，你根本是故意的吧！」

「好了好了，別在我面前上演恩愛畫面，天氣熱。」我揮了揮手，在地面上滾動的籃球滾到樂宇禾腳邊，他笑著撿起來丟回給我。

「來吧，很久沒一起打球了。」

「我去旁邊的書店晃晃，等你們好了再打給我。」晶晶看了頭頂上的烈日一眼，「明明是春天，卻已經熱得不像話了。」

晶晶離開後，我和樂宇禾在公園的籃球場上一對一鬥牛，他是我高中時期認識的別班球友，沒想到最後會跟晶晶交往。

出了一身汗後，我們喘著氣坐在一旁休息。

「五比五，平手。」

「你還是一樣厲害。」樂宇禾客套地說。

「是你退步了，高中三年你都沒有參加比賽，我挺失望的，不然想必球技大賽的名次會大洗牌。」我喝了一口水，樂宇禾大笑著說往事不要追究。

他打了通電話要晶晶過來，在等待的空檔裡，我們聊起各自的大學生活，他跟晶晶同一所大學，交往到現在也三年了，但我還是感到不可思議。

「所以你到底是什麼時候喜歡上晶晶的？」

「不知不覺吧。」他似乎不願多談。

雖然我一直不覺得他是真心喜歡晶晶，不過也罷，我沒興趣探究別人的隱私。

晶晶的身影出現在對街，朝我們吆喝：「要不要去花之冰？」

「我當你們的電燈泡幹麼？」我起身拍著籃球回喊。

樂宇禾接起正好響起的手機，話音帶笑：「我記得啦，不會再放鳥了，欸？我這麼沒有信用？」

過了馬路，來到對街，晶晶用眼神問我樂宇禾在跟誰講電話，我聳聳肩，我哪知道啊。

「我該走了。」掛掉電話後，樂宇禾說。

「啊，對，我忘了你等一下有事。」晶晶顯得若有所思，「那你快去吧，春日，我們兩個去吃冰。」

我挑起一邊眉毛，看了樂宇禾一眼，他知道晶晶曾經喜歡過我嗎？

雖然那是八百年前的事情，可是人總要避嫌，正當我禮貌性地想要拒絕時，晶晶調皮地笑著搶先一步說：「老朋友聚一聚，你不會拒絕吧？」

也是，她都不在意了，我還在意什麼，簡直比女人還不大方。

「那我先走啦，下次再一起打球。」樂宇禾戴上安全帽，騎著一台紅白色系的機車離開。

我和晶晶徒步走到花之冰，裡頭的裝潢、菜單和以前完全一樣，我依然點了店裡最豪華的冰品，晶晶也依然點了紅豆牛奶冰。

「把黎�也叫來吧。」她說著就要滑開手機，而我下意識伸手阻止，這舉動讓晶晶勾起了唇角，「怎麼？你會尷尬？」

「怎麼可能，都三年了，況且中間我們不也開過同學會？妳有見到我尷尬嗎？」

「就是沒見到你尷尬，所以我才打算叫她來呀。」

「今天是假日。」

「所以呢？」

「她說不定有事情。」

「我問她一下不就知道了？」

「妳聽不懂我的意思，如果她正在約會呢？」我嘖了聲。

「那就叫常大為一起過來，你有聽黎茦說過嗎？常大為因為話變多了，升上大學後桃花運大開，那些女生完全不把黎茦放在眼裡，當眾示好這種事從沒少過。」

我有些驚訝，「蛤？有這種事情？黎茦應付得來嗎？」

晶晶搖搖手指，「這就是你不懂的地方了，常大為這傢伙實在太噁心了，竟然直接對那些女生說『妳們讓黎茦困擾了』，你知道黎茦跟我說起這件事時，臉上是什麼表情嗎？我都快被閃瞎了。」

「是喔，妳跟樂宇禾也快閃瞎我了啊。」

原本是想要虧她，但晶晶聞言只是漫不經心地嗯了聲，手裡的湯匙有一搭沒一搭地戳著冰，似乎有些出神。

「喂，妳幹麼？」

「喔？哈哈，沒事。」她乾笑。

擺明就是要我追問，所以我如她所願正準備多問一句時，晶晶卻搶先開口：「春日，你這些年都沒交女朋友，搶著倒貼你的女生一定不少，要說以前是因爲你不懂喜歡的感覺而不交女友，那現在的你也已經懂了啊，爲什麼還是單身？沒遇到喜歡的人？」

話題怎麼轉到我身上？我吃了一大口冰，告訴她沒什麼原因，就是不想。

晶晶無視她那盤已經融化成白紅液體狀態的冰，目不轉睛地看著我，「不會是因爲你還忘不了黎莌吧？」

聽到這句話，我不小心猛地把一大口冰呑下喉嚨，差點噎死，我嗆得咳個不停，晶晶卻絲毫不放棄，依然用那懷疑的目光瞅著我。

「這什麼爛問題？」我好不容易停住咳嗽。

「怎麼會是爛問題，我眞心誠意問的。」

「妳覺得我還忘不了黎莌？」

「我本來沒那麼想，畢竟都畢業兩年了。」晶晶聳聳肩。

「本來？」

她露出一個難以解讀的微笑，「但現在覺得是了。」

因爲跨系選修了某些課程，那些課程的上課地點多半位於其他幾棟教學大樓，而學校占地廣闊，所以我騎著腳踏車，準備前往校園的另一頭。

「春日，晚上有聯誼，去不去？」一個大傳系的朋友沿著湖畔迎面而來，一看見我就立刻出聲邀約。

「Pass。」腳踏車騎過他身邊時，我還伸手和他擊了個掌。

腳踏車行經文學院的時候，幾個中文系的女生看見我便喊道：「春日，我們等一下要去唱歌，要不要一起？」

「我等會兒還有課，下次吧。」我一邊回答還不忘露出微笑。

幾乎各系都有我認識的人，這得歸功於大一入學時，我就擔任系上公關，常在各系之間走跳，籌辦抽選學伴或是聯誼等活動，最後促成的情侶不在少數。

我來到經濟學院，隨意將腳踏車往樹下一停，拿起書本就往教學大樓走去。幾堂課上完，深覺吸收不少有用的知識，這所大學的教學資源豐富，能考上這裡眞是太好了。

但偶爾我會想到一些事情，像是如果我是死魚眼，我會跟他一樣放棄優秀的大學，只爲了跟黎莌念同一所學校嗎？

我想過幾次，答案都是不會，一如我在高中畢業典禮那時所言，爲了女人而放棄自己的未來很蠢，然而也就是因爲這樣，才顯出死魚眼有多重視黎莸。

那我不免又想，我不會爲黎莸改變志願，是不是表示我沒有死魚眼那麼重視黎莸？但也不能這麼說吧，只要黎莸努力，我相信她有潛力和我進入同一所大學，而且兩個人交往不就該是攜手向前，而不是一起後退嗎？

這些問題任憑我想破頭也不會有答案，我也不可能和晶晶討論這種事情，說到底，本來男生就很少會討論這種事情吧。

「向春日。」當我在思考這些沒有答案的問題時，一個從剛才就站在附近的女生，忽然上前叫了我的名字，我習慣性地回以笑容，對方一愣，低下頭，「我有話想跟你說，可以跟我來一下嗎？」

啊啊，又來了嗎？又是告白嗎？

我抓了下後頸，看著眼前的女孩，穿著牛仔長褲和T恤，素淨的臉龐沒有上妝，和一般打扮入時的大學生不太一樣。

我忽然想起，上次見到黎莸也是這個模樣，穿著還像個高中生似的，連頭髮都沒有染燙，仍然是清湯掛麵。

「向春日？」那女孩又喚了我一聲。

「抱歉。」我甩開腦中黎莸的身影，「有什麼事就在這裡說吧。」

對方似乎有些爲難，不住四下張望，而我有些不耐煩地看了眼天空，甚至撇了撇嘴，「不說我要走了。」

就在我正要跨上腳踏車時，那個女生猛地抬起頭，「請跟我約會！」

「很抱歉，我……」我轉過頭，幾乎要翻了個白眼，卻在看清她的臉後愣了下，她長得並不像黎莊，但那一瞬間，我卻覺得好像看到了黎莊……

「可以嗎？」她又垂下眼睛，周遭圍觀的學生似乎起了些騷動，而我也回過神來。

「妳哪一系的？叫什麼名字？」

「啊？」她傻愣愣地看著我。

「我說，妳哪一系的？」

「我、我是中文系的！」她頰上泛起紅暈，「我以為……你會直接拒絕我。」

我挑起眉毛，「我是這樣打算。」

「可是，你根本不認識我，為什麼不試著和我交往看看？」

我有些訝異，這個看起來畏畏縮縮的女生，說的話居然和黎莊那麼相似，黎莊也曾經這麼對我告白過，她也叫我試試看。

那時我試了，卻覺得自己回應不了黎莊的感情，等到她跟死魚眼越走越近後，才後知後覺地察覺了自己的心意。

對此我一直很懊悔，為什麼當黎莊還在我身邊的時候，我卻不懂得珍惜，人就是這樣犯賤吧，一定要等到一個人走遠或離開後，才會知道她的重要性。

忘了在哪裡聽過一句話，胃不痛的時候，你不會感覺到那邊有一個胃。

一個人不離開，就不會知道她有多特別。

但說這些都已經於事無補了，我和黎莊現在只是兩條平行線。

想起晶晶上次說我對黎莊還懷有眷戀，我忍不住笑了聲，都過多久了，我可是向春日，我不會回頭。

「請問……」眼前的女孩咬著下唇，我又分神了，不知怎地，她一直讓我想起黎芃。

我從背包裡取出一張名片，上面寫著我的電話、LINE ID以及臉書網址，這是大一擔任系上公關時特別製作的，之前在高中同學會發放給大家，還被黎芃取笑這個舉動很像真的在夜店上班的男公關。

「那就試試看吧。」

那女孩瞪大眼睛，滿臉驚訝地接過名片，「謝謝你！」

看著她的表情，我忽然有些罪惡感。

我這樣做好嗎？給她可能無法實現的期待好嗎？

也罷，她根本不算認識我，或許等她更了解我以後，就不會喜歡我了。

那個中文系的女孩一直沒告訴我她叫什麼名字，倒是馬上就加入我的臉書和LINE，從她上面的帳號顯示名稱「眷戀」看來，那也不可能是真名。

都大學生了，還取名叫什麼眷戀，未免太可笑，看樣子是個很會幻想的女生。

偶爾會見她在臉書上分享一些詩詞文句，單就發文內容看起來還算正常，然而搭配上「眷戀」這個名字就讓人覺得滑稽。

我滑著手機，習慣性地點開了黎芃的頁面。

她很少放她和死魚眼的照片，幾乎也沒什麼相關發文，我看死魚眼應該也沒有在用臉書這種東西，他在現實生活中話這麼少，在LINE上不知道會不會反而話多得要命？

黎莌臉書上的大頭照換了張薄施淡妝的照片，她對著鏡頭瞇起眼睛微笑，忽然覺得這樣的她很是陌生，順手按了讚以後，我關掉手機螢幕，翻身睡覺。

在意識陷於將睡未睡的混沌之際，我時常會想起過往的高中生活。

那些存在於記憶深處、看似久遠的回憶，會如潮水般忽然湧現，讓我萌生彷彿自己還置身於十六、七歲的錯覺。

我記得很清楚，當初考上那所高中的時候，父母有多高興，而我也樂得直歡呼，身邊的國中同學幾乎沒人考上那所高中，我可以在那裡為自己塑造一個全新的向春日。

結交許多朋友，但不交女朋友的向春日。

女生實在太難懂，說什麼如果我無法付出對等的眞心就不能算是「喜歡」，可是如果眞的不喜歡就不會和她們交往了，這麼簡單的道理為什麼她們就是不明白？

不是我自誇，只要我稍微和某個女生走得近些，通常對方很快就會喜歡上我，但到底這是因為我的臉長得不錯？還是因為我的確很容易和女生相處得來？我始終存疑，不過我確實對於自己的外表頗為自豪，所以並不會太過拘泥於此。

於是我決定和女生保持距離，以免國中那些不愉快的事情重演。

然而事情總不如預期發展，雖然我極力想要避免，卻還是和同班的晶晶、黎莌日漸熟稔，幸好很快我就發現，她們兩個和其他女生不一樣。

她們對待我的態度極為自然，一舉一動彷彿在隱隱表示：你只不過是向春日，長得帥又怎樣？對我們沒用。

這眞的讓我鬆了口氣，便放心跟她們來往。

「黎莁，幫我縫這個！」午休時間，我脫下襯衫上衣，連同剛才因爲打籃球而被扯掉的釦子一起往她頭上扔。

「你幹什麼啦！我又不是你的僕人！」黎莁氣得將襯衫丟回給我。

她是眞的很生氣，看著她氣呼呼的臉，我想這代表她對我眞的沒有朋友以外的感覺，這一點讓我非常高興，同時竟有些失望。

也許是我過於自負吧，女生喜歡我，我覺得厭煩，然而當對方對我沒感覺時，不免又會懷疑起自己的魅力。

「幫我縫一下啦。」所以我故意這樣說，再次將襯衫扔過去。

「我不要，我要睡午覺。」黎莁又丟回來給我。

「你們吵死了，快幫他縫一縫啦。」晶晶被我們的舉動弄得很煩躁，忍不住出聲。

黎莁一邊碎碎念一邊接過我的襯衫。

隱約可以聽見班上其他同學正在竊竊私語，關於我們之間的曖昧。我不以爲意，黎莁和晶晶看起來也並不在乎，我想她們就是我一直想要的那種異性朋友，那種不會喜歡上我的異性朋友。

然而很快我又發現自己錯了，晶晶喜歡我。

雖然晶晶沒有做出什麼特別的舉動，但我就是察覺了她對我的心意，幸好晶晶是個聰明的女生，所以她懂得我的變相拒絕。

在那個時候我不免想著，女生都是天生的演員，她們隱瞞祕密，也隱藏感情。

那會不會黎莁，其實也喜歡我？

手機設定的鬧鐘響起，我從床上坐起來，呆了一陣才回神，提醒自己今早還有課。

日子一如往常，我依然騎著腳踏車穿梭在大學校園裡，依然向許多人打招呼，依然婉拒許多活動邀約。

我把腳踏車停在經濟學院門口，想起之前就是在這裡遇見眷戀的，只是從那次之後就沒再見過她。

我從手機裡找出眷戀的臉書頁面，之前一直沒仔細研究過，現在才發現，她的臉書明顯缺少了很多東西。

她的相簿裡只有大頭照和封面照片、自我介紹只有性別、她的發文從來沒人按讚。

眷戀，是她的分身。

有些不悅地皺起眉頭，將手機收回口袋，注意力轉回課堂上。

下課後，我走到腳踏車旁，看見地上有個影子朝我靠近，停在我身後。

「那個……」

我重重吐了口氣，轉過身對她微笑，「妳好，分身小姐。」

她臉上並沒有過多的訝異，只是微微扯動嘴角，「對，我用分身帳號加你，那個……我有一個請求。」

「不敢用眞實帳號加我朋友的人，我何必聽她的請求呢？」我跨上腳踏車，從她旁邊騎走。

她張開了嘴，似乎想要叫住我，但我遲遲沒聽見她的聲音。

一般來說，我對女生的態度多半都很溫柔，只有在對方向我告白的時候，以及我委婉拒絕的時候，才會以冷漠相待。

忽然間想起，過去我也曾經這樣刻意忽視過黎茪。

騎到轉角處，我不自覺停了下來，回頭看去，眷戀已經不在那裡了。

當我騎著腳踏車從高中校門口掠過黎茪身邊時，我也曾偷偷轉頭看她，那時的她站在原地，面露哀傷。

如果當時我能回應黎茪的感情，死魚眼絕對不會有機會跟她在一起。

但黎茪和死魚眼後來如果沒有漸行漸近，我也不會發現原來自己竟然會嫉妒，更不會發現自己眞正的心意，也許我和黎茪注定就是沒有緣分吧。

幾天後，我又在經濟學院門口遇見眷戀，她依然站在腳踏車旁等我，我沒理會她，就要牽車離開，而她快步走到我面前，伸手按住我的腳踏車握把，低聲祈求：「請你跟我約會一次。」

「沒興趣。」我用力拉過腳踏車，眷戀卻不肯放手，我不敢再更用力，以免讓她重心不穩跌倒。

「我願意說出實話，給我幾分鐘就好，行嗎？」眷戀的眼神略帶懇求，這又讓我想起黎茪。

我不太想接近這個女生，因爲她隱瞞很多事情，因爲她不夠眞誠。還有因爲，她太容易讓我想起黎茪，明明她們長得一點也不像。

不過當她用那樣的眼神看著我，我彷彿就看見曾經也懇求過我給她一次機會的黎莌，所以我沒有辦法拒絕。

「……好吧。」我嘆氣，而她淺淺一笑。

我們來到人煙稀少的理工學院後方，尋了一處圓桌坐下，我不發一語，一邊喝著飲料一邊等待她先開口。

眷戀有些不安地抓了抓頭髮，幾度欲言又止，最後才深吸一口氣，「我說要請你跟我約會，其實並不是因為喜歡你，如果讓你誤會了我很抱歉。」

我差點沒將嘴裡的飲料噴出來，滿臉驚愕，「沒搞錯吧，小姐，現在是妳是在耍我？」

「不是！當然不是！」她連忙慌張地搖搖手。

「所以現在是？」

她吞吞吐吐的模樣讓我莫名火大，「如果不肯說，那就算了，我要走了。」

說完我就站起身，她也跟著緊張地站了起來，「我說！我什麼都說！」

我側頭看著她的表情，有些想笑，這帶著幾分愚蠢的模樣，跟黎莌還眞有幾分相似。

我又想起黎莌了，最近那些過往點滴實在太常湧上心頭。

搖搖頭，再次坐下，我咬著吸管用眼神示意她快往下說。

「我不能告訴你我的名字。」她一開口就又讓我想要離開，她連忙雙手合十，急著又說：「請你諒解，學校這麼大，你本來就不曾注意過我，所以知不知道我的名字，對你來說一點也不重要。」

「好像有些道理，但妳知道我的名字，我卻不知道妳的，這不是很怪？」

「你也不在乎吧？」她笑了笑，語氣很理所當然，接著又從包包裡找出我之前給她的那張名片，「況且在學校裡，有誰不知道你的名字？」

「好，算妳說得有道理。」我聳聳肩。「那妳到底想幹麼？」

「我喜歡一個男生，我一直都是他最好的朋友之一，不過也因爲這樣，我始終無法前進。」

「他也念這所大學？」

她點點頭，「我們現在也還是好朋友。」

「這跟妳找上我有什麼關係？」

「他跟你……感覺很像，我不是說長相或是個性，而是某些行爲舉止很相似，從我第一次看見你騎著腳踏車在校園裡遊蕩的時候就這麼覺得了。」

「我不是遊蕩，我是換教室上課。」我可以理解她說的話，就像我會透過她想到黎芃一樣，她也透過我想到了那個男的。

「所以我才會想和你搭話，因爲我不喜歡你，所以面對你不會太緊張，可是只要面對他，我常常連話都講不好。」

「眞是謝謝妳喔！」雖然不喜歡女生喜歡我，但是被當面這麼說還是挺不爽的，「總之我懂妳的意思，妳怕妳向對方告白後，再也回不去朋友關係，卻又無法斷然放棄，所以找上和他有點相似的我，希望和我約會，想要把這當作最後的美好回憶，爲這段暗戀畫下句點。」

她瞪大眼睛，「好厲害，我什麼都還沒說。」

「這點小事情怎麼瞞得過我的眼睛。」我冷笑一聲，隨即說道：「問題是，找一個替代品，妳眞的覺得這樣就可以忘掉那段戀情？尤其他現在明明還在妳身邊？」

「當、當然可以。」她用超級不肯定的語氣回答。

「如果眞的可以，妳就不會另開一個分身帳號了。」

「因爲我的個人臉書有加他和其他朋友，要是讓他們看見我加你好友，不知道會被糗成……」

「我的意思是說，妳的分身就不會取名爲『眷戀』了。」

「啊……」

「妳應該明白自己對他有多依依不捨吧，就算把我當作他，和我約會一天，那又怎樣？最後妳也不會捨得放棄這段戀情，不是嗎？」

她的眼睛盛滿錯愕，瞬間湧上一層水光。

「那我該怎麼辦？我已經努力這麼久，已經好累了，我怕自己若是忍不住做出什麼舉動，也許會讓我和他再也回不去朋友關係。可是只當他的朋友我又很痛苦，我不敢想像，也許有哪天他會帶著一個女生到我面前，告訴我那是他的女朋友！」

糟糕！我最怕女生哭了，那會令我渾身不自在，我趕緊跳起來從背包裡找出衛生紙塞到她手中，「不要哭，妳再哭我就走了！」

「我有什麼辦法，眼淚就是一直流啊，我又不願意！」

哭起來的女生超級麻煩，還會這樣隨便怪東怪西的，我左右張望一陣，幸好這裡平時沒什麼人會來，應該不會被看見。

「總比什麼都不說，然後妳自己躲在這裡哭好吧？不說出口就永遠沒有機會啊。」

「我不敢說，我不要說啦！像你這樣吃香的男生一定從來沒有被拒絕過，你不會懂得我們這種平凡人的心情，你不會懂我有多害怕！」

誰說我不懂啊，我超懂好嗎？

而且我敢保證絕對沒有人像我一樣愚蠢，喜歡的女孩明明也喜歡我，明明她也跟我告白了，卻被我推得遠遠的，讓她一個人獨自傷心也不聞不問。等到她好不容易走出傷痛，眼裡看見了另一個男孩，我才發現原來自己是喜歡她的。

這麼蠢的事情我哪有可能說出口，完全是我自作自受。

回想起高中畢業典禮那天，我竟然在校門口像演偶像劇一樣抱住黎莐，跟她說了些有的沒的話，最後還把腳踏車借她，要她去找死魚眼，這件事也是有夠愚蠢的。

這本該是一段佳話，可由於現場目擊群眾太多，導致我後來每次和高中同學碰面，大家就會拿這件事猛打趣。

「你怎麼了？」見我都沒出聲，她好不容易才讓自己停下淚水，有些擔心地問我。

「沒什麼，想到一些事情罷了。」

「那你願意跟我約會嗎？」

「我剛講的妳聽不懂嗎？就叫妳直接去找那個男的，不要找我，我現在就可以告訴妳，絕對不會有用的。」

「你……你怎麼這樣……嗚……」然後她又哭了起來。

真是夠了，我翻了個白眼，無奈地應允：「好啦，我答應妳。」

「眞的嗎？」她馬上破涕爲笑。

我不禁在心裡嘖了聲，女人果然都是天生的演員。「但不會有用的，妳還是會繼續喜歡他。」

「沒試試看怎麼知道呢？我會把你假裝是他，或許，這樣我就眞的可以忘記他了。」

我沒再出聲勸阻，反正她喜歡的人不是我，所以這個忙倒不是不能幫。

而且，她有點像黎莌。

我和黎莌出去過很多次，不過都不算是約會，唯一比較像樣的一次，大概就是高二那年的情人節，也是我狠狠推開她的那天。

我不相信這會有用，但也許說不定眞能產生一點點作用。

如果跟一直讓我想起黎莌的她出去，是不是我也能不再那麼常想起黎莌？

＊

最近一連串的娘娘腔想法讓我覺得厭煩，我抱著想要在今天解決一切的心情，來到和眷戀相約碰面之處，就是那個很久以前，我和黎莌也曾相約過的公園。

環顧四周，這個公園和以前一樣，絲毫沒有改變，就連欄杆上的斑駁痕跡都一樣，彷彿時間就停在三年前。

然而，眼前的景色雖然沒有變化，其他的一切已經都不一樣了。

我再往前走幾步，來到一座鞦韆，公園裡的遊客不多，我索性坐上鞦韆，腳踩地板輕輕前後搖晃，仰頭朝天空看去，太陽被雲層遮擋住。

「向春日。」眷戀的聲音從後方傳來，「你到很久了嗎？」

「沒有，走吧。」我從鞦韆上站起來轉向她，此時太陽正巧從雲層露出，陽光灑了下來，看樣子今天會是好天氣。

「呵呵。」眷戀笑了。

我好奇地問：「怎麼了？」

「我只是有感而發，你眞的就像太陽一樣耀眼。」眷戀說。

好久以前，黎莞和晶晶也這麼說過。

我苦笑一下，「太陽很孤單吧，離所有行星都那麼遙遠。」

「不過行星裡有那麼一個地球很需要太陽的光與熱。」眷戀微笑。

「有道理。」我也笑了，目光定定地停在她的臉上。

「怎麼了？」她摸了摸自己的臉。

「妳今天有化妝？」

「嗯，畢竟今天是很重要的日子，如果要對這段戀情說再見，那我當然要盛裝打扮，也算是一種儀式，對吧？」

「妳高興就好。不過如果妳平時也這樣打扮，說不定妳那個好朋友就會意識到妳是女生。」

她搖頭苦笑，「比我漂亮、比我會說話的女孩多得是。」

「也是。」

她瞇起眼睛，有些氣憤地說：「難道你都沒有想要安慰我，或是說些客套話嗎？」

「不需要吧，我再怎麼稱讚妳，也不是妳想聽的。」

「也是。」她模仿我的語氣。

離開公園前，我又回頭看了那座鞦韆一眼，曾經有個女孩坐在上頭等著我。

我們來到一個知名的遊樂園，眷戀說，原本她是想和那個男生一起來的，但她遲遲無法鼓起勇氣開口邀約，所以始終未能成行。

「該不會，妳還要把我當作是他，在這裡跟我告白吧？」

「我是這樣打算的。」眷戀乾笑兩聲。

「我的天啊，別鬧了。」我忍不住翻了白眼，「所以呢，要先去玩什麼？」

「嗯，我想想看，」她看著園區地圖，指著一個骷顱頭標誌提議：「鬼屋怎麼樣？」

這點就跟黎莯完全不一樣了。

「很少會有女生選鬼屋。」

「常有人這麼說。」眷戀大笑，「嘿，你應該不會害怕鬼屋吧？」

「怎麼可能。」我聳聳肩。

「那就走吧！」說完，她拿著地圖，率先往鬼屋的方向跑去。

後來我們還玩了海盜船、雲霄飛車、自由落體等尖叫系的設施。遊樂園裡遊客如織，一直到下午兩點，才終於找到一間有空位的餐廳坐下，眷戀一邊看著菜單一邊嘀咕：「好夭壽的價錢。」

我一聽差點笑出來，她好奇地看向我，「幹麼？」

「沒什麼，我只是覺得妳的個性好像和一開始不太一樣？」

「那個呀，可能因爲默默喜歡對方喜歡得太久了，讓我變得有些畏畏縮縮，久而久之好像就眞的習慣這樣了。」她的眉宇間帶點無奈，隨即又語調輕快地補上一句：「我要三號餐，這是我的份。」然後塞了一張紙鈔到我手裡。

我懂她的意思，就是因爲這份感情會讓自己開始變得不像自己，所以才叫做喜歡，沒有人可以在愛情中游刃有餘，如果做得到，大概就是還不夠喜歡吧。

「其實啊，我對你說謊了。」眷戀一邊大口咬著漢堡，一邊含糊不清地說。

「啥？小姐，我們又沒有什麼利害關係，妳幹麼一直說謊？」

「因爲我不清楚你是怎樣的人，我們又念同一間學校，要是你大嘴巴隨便亂說話，傳到我朋友耳裡，那我要怎麼辦！」她倒是很振振有辭。

「我同意妳的顧慮，但既然妳不知道我是怎樣的人，妳卻跑來找我幫妳的忙、跟妳約會，這不是兩相矛盾嗎？」

她嘿嘿笑了兩聲：「這就是我說的另外一個謊言了，雖然我不眞的認識你，卻算是知道你。」

「妳到底在講什麼？」

她放下漢堡，喝了一口飲料，「向春日，我和你是同一所高中畢業的。」

「啊？」

「我是你的……」

「天啊！向春日，好巧！」一個聲音打斷眷戀的話，而我的心臟像是被重擊般停了一下，我緩緩抬起頭，看見了黎莣。

她神情驚訝，卻帶著喜悅，臉上化著淡妝，頭髮綁著像是在雜誌上才會出現的流行髮型，穿著短褲和白布鞋，瞇起眼睛看著我，「你也會來遊樂園呀。」

我還沒從驚愕中回過神，嘴巴已經自動接起話來：「我當然會來遊樂園，妳才是怎麼會在這邊？」

「晶晶給了我遊樂園招待券，當然要來。」她炫耀似地從口袋拿出招待券，抬起下巴又補了一句：「而且是半價喔。」

「眞的假的啊，我們還是買全票進來耶！」我聽出自己語調的不自然，而眷戀只是繼續低頭吃薯條。

「不過……」黎莣的表情變得曖昧，目光掃過眷戀又看向我，「沒想到你交女朋友了，上次怎麼沒跟我們說！」

「她不是……」我下意識就想解釋，又覺得我解釋這些做什麼？她誤會不誤會，都已經沒有關係了。

「我叫做黎莣，是向春日的高中好友，下次我們可以一起出去玩喔。」黎莣轉頭主動對眷戀自我介紹。

「啊……妳好。」眷戀趕緊拿餐巾紙擦了擦手上的油膩，握住黎莣伸出的手。

「那晶晶在哪裡？等等要不要一起玩？」我問。

「我不是跟晶晶來的啦，我是跟常大爲一起過來的。」黎莣指了指櫃檯方向，「他點的是紅茶，服務生卻給他可樂，所以他拿回去換。」

「妳跟常大爲在一起？」眷戀語氣訝異。

「妳認識他？」黎莐也覺得意外。

「不算認識，只是知道他這個人。」眷戀又笑了笑。

「久等了。」這時，死魚眼的聲音飄了過來，「好久不見。」

我撐起一個微笑，站起來對死魚眼說：「好久不見。」

「對了，你剛剛說一起玩，可以啊，反正常大爲什麼都不敢玩，我剛才叫他跟我去玩雲霄飛……嗚！」黎莐話說到一半，就被常大爲摀住嘴。

「我沒有不敢玩，只是不太喜歡在空中被甩來甩去的感覺。」老是面無表情的死魚眼臉上難得有些波動，看樣子愛情果然會改變一個人。

「是這樣嗎？那等一下就去玩呀！」黎莐掙脫死魚眼的箝制，跳到一旁挑釁地說。

死魚眼僵著臉不出聲。

「你們好有趣喔。」眷戀倒是輕笑了幾聲。

「每天都這樣吵吵鬧鬧，他以前乖多了，都不會頂嘴……」黎莐可憐兮兮地控訴，她對我眨著眼睛提議：「所以怎麼樣，我們等等一塊兒玩？」

她神經是有多大條？我和死魚眼怎麼可能一起玩，我不討厭他，但就是無法忍受和他一起行動。

要說我沒有男人度量也罷，誰要看他們卿卿我我的模樣，那簡直是活地獄。

「不了，我們想單獨約會。」所以我拉起眷戀的手，露出我自認爲完美的笑容。

「哎唷，向春日很噁心喔，下次我和晶晶絕對會好好拷問你的。」黎莐故意搓著手臂。

「下次見吧。」我刻意只看著黎茪，不過在離開前還是對死魚眼禮貌性地點點頭。

我牽著眷戀的手一言不發就往摩天輪的方向走去，等到坐上摩天輪後，我才吁了一口長氣，「抱歉。」

「幹麼道歉？」眷戀看向窗外，俯視下方的景色。

「我剛才利用了妳。」

「我不也利用你嗎？」眷戀輕笑了聲，「沒想到會這麼巧，世界也太小了吧。」

我深有同感，怎麼也想不到，竟會在這裡遇見他們。

而且話說回來，沒想到見到他們之間的親暱互動，竟還是會令我感到難受，這到底是怎麼回事？難道眞像晶晶說的那樣，我還喜歡著黎茪？

都過這麼久了，這種事情有可能嗎？

「向春日，你又在發呆了。」眷戀不知何時手肘撐在膝蓋上、托著腮，定定地審視著我。

「我很常發呆嗎？」

眷戀點點頭，一雙眼睛好像什麼都明白。

「妳說你以前和我同一所高中？所以妳也認識死魚眼？」爲了掩飾自己的情緒，我扯開話題。

「死魚眼？喔，你是說常大爲，我知道有男生幫他取了這個綽號。」她笑了笑。

「我怎麼沒見過妳？我們高中說過話嗎？」

「正確來說，我是你的學妹，你和常大爲這些學長都是學校裡的風雲人物，沒有不知道的道理。」她聳聳肩，「所以，我當然也有看到你畢業典禮那天和剛剛那位學姊在校門口上演的浪漫戲碼。」

我微微一愣，覺得自己像是沒穿衣服一樣，赤裸裸的被看個透徹。

在摩天輪車廂的密閉空間裡，我根本無處可逃，面對她認眞的雙眼，我想敷衍也沒辦法。所以我只能又嘆了口長氣，對自己承認，我的確忘不了黎莐。

「你和我以前想像的不太一樣，原來有時候人會表現出冷漠，只是因爲害怕自己受傷。」

聞言，我挑了挑眉。

眷戀嫣然一笑，「我感覺得出來，你還喜歡剛才那位學姊，或者應該說還忘不了她吧。」

「我看起來像是那樣嗎？」

眷戀頷首，接著說起了自己的事。

「其實我在高中的時候就向那個男生告白過了，但他喜歡的是我朋友，不過他們沒有交往的可能，而且我的另一個好朋友也跟我同時喜歡上他，我們說好一起努力。那個好朋友長得很漂亮，我覺得自卑卻又不想放棄，就這樣跌跌撞撞地追著那個男生直到現在。但我潛意識一直覺得，也許到最後，他選擇的依然不會是我。」

「所以你們現在是三人行？」

她笑了笑，「應該說，那個男生知道我們喜歡他，也接受我們喜歡他，但他依然只把我們當好朋友。」

「妳確定？難道他不會想通吃嗎？」

「他不是那樣的人。」

「男人很難說。」我覺得有些不可思議。

「不論如何，我覺得也該是時候放棄了。」她往椅背一倒，看似瀟灑，更多的其實是無奈。

「那妳覺得，今天這樣一整天下來，有用嗎？」

她深思了好一會兒，露出無奈的微笑，搖搖頭，「我想你說對了，終究不會有用，就因爲你和他有些相似而找你約會，以爲這樣就能讓自己放棄他，這眞是個非常愚蠢的提議。」

「所以我一開始不就說了。」原本我會答應她，也是想著說不定能藉此忘記黎莌，沒想到不但沒用，反而還遇見黎莌和死魚眼。

「好吧，我想我們能做的，應該就是找他們眞正約會一次。想要讓一切結束，需要有個句點，我現在拿到的都是逗點，所以內心深處根本還在幻想之後會不會可能還有其他發展。」眷戀看了看窗外，「快回到地面了，我想你也該去找那位學姊。」

「我已經拿到句點了，她早就有男朋友，也早就拒絕過我了。」

「但你對她依然懷有眷戀，不是嗎？」她望著我，「所以說，還沒有結束。」

摩天輪回到地面，工作人員替我們把廂門打開，眷戀踩著輕快的腳步走在前方，看起來心情不錯。

「妳到底在高興什麼？」我忍不住追上去問，事情也沒解決不是嗎？

「我只是忽然想通了，像你這樣的大帥哥也會眷戀一段過去的感情這麼久，就覺得其實自己不孤單。」她賊笑著。

「所以妳是把我的痛苦當作妳的快樂嗎？」我也像是被她感染似的笑了起來。

「當然不是，只是覺得，不僅我一個人在感情中那麼辛苦，辛苦的人有很多，除了努力再努力好像也別無他法。如果今天眞的決定要放棄，那我也一定要在最後讓他留下深刻的印象，也許我可以強吻他之類的，你覺得呢？」

「男人對主動送上來的吻可不會有什麼愧疚，倒是以前如果我強吻過黎莌，那現在大概也和她當不成朋友了吧。」

「男女有別。」她笑了起來，「今天就到這邊吧，很謝謝你，向春日。」

「嗯。」我雙手插在口袋，站在原地看著莫名顯得如釋重負的她，心想以後大概也不會再有機會見面了。

「希望你和我都可以順利，不論是繼續努力或是死心放棄，至少不是原地踏步就好。而且我覺得像你這樣的男人，如果一直念念不忘前一個女人就太浪費了，世界上還是有很多好女人等著被你愛。」

「最後那句話聽起來還眞是詭異。」我雖然皺了皺眉，還是笑得很開心，「總之，謝謝妳。」

「雖然以後可能不會再見面了，但我還是告訴你我的名字吧，我叫做李……」

「不用了。」我舉起一隻手制止她。

「你不想知道我的名字嗎？」

我搖頭，「就讓我把妳當作眷戀吧。」

她露出微笑，點點頭，對我揮手道別。我站在原地沒有動，直到再也看不見她的背影。

我把這件事告訴晶晶，並且表明自己想和黎莌單獨見一次面。

「所以說，你想把黎莌搶回來嗎？眞的假的？」晶晶在電話那頭不知道聽進了些什麼，我剛剛講的話明明就不是這個意思。

「晶晶，妳沒事吧？還是根本是故意的？」

「哈哈哈。」她放聲大笑，「想鬧你一下而已，沒想到你會這麼乾脆地承認自己對黎莌還懷有眷戀。」

我不置可否，如果有些事情不管我再怎麼否認，都只是在自欺欺人，不如坦然承認。

「我現在只想回去給當時的自己一拳。」

晶晶淡淡地說：「那應該是一種……很難說清楚的情緒，可是我懂，我明白黎莌對你的意義不同，但那無關愛情，畢竟已經什麼也不能改變了。」

語畢，我們兩個陷入沉默。

過了好一會兒，晶晶才深吸一口氣又問：「你希望我做什麼呢？」

「幫我約黎莌出來吧，我想和她見個面，單獨。」

「這你自己也可以約吧？」

「妳也知道，她會避嫌。」

「呵，你們半斤八兩，不過我可要把話說在前頭啊，我這麼做只是爲了要幫你做個結束，我可不希望你做出一些會傷害她跟常大爲感情的事。」

「我知道。」

「嗯，好吧，那你就等我的消息吧。」

掛掉電話，我躺在床上思索，卻不知不覺昏睡過去，然後毫不意外地，過往的高中生活再次出現在夢裡。

這次夢見的，是黎莐告訴我，她喜歡我的時候。

我就像是旁觀者一樣，看著夢裡的自己想要拒絕，看著黎莐勇敢地要求我給她機會。

我知道最後我會因爲自己的愚鈍而傷害了她，然後也傷害了自己。

我沒有企圖想要改變這場夢境，就算知道結局，我也沒有辦法阻止黎莐的離去，我想，也許對黎莐來說，我只是促使她和死魚眼感情得以滋長的催化劑。

而黎莐，她卻讓我理解了何謂喜歡一個人。

我們確實都在彼此的人生中扮演了重要的角色，光是這樣就很足夠了。

再次張開眼睛，手機裡出現一則晶晶傳來的訊息，她已經約到黎莐了。

「黎莐說你交女友了，這是誤會吧？不過也多虧如此，我告訴她你想單獨跟她見面，她也毫不猶豫地答應了。」

黎莐誤以爲是我女友的那個女生，一定就是眷戀了，我搔了搔頭，是我自己讓她那樣誤會的。

原本想告訴眷戀，我聽從她的建議，主動約黎莐見面了，然而她不僅刪掉了「眷戀」這個分身帳號，從此也不曾在經濟學院出現。有次經過中文系所，我下意識就往教室裡頭張望，也不見她的身影。

我問過幾個認識的中文系女生，向她們稍微形容了眷戀的外型，但她們都說不認識這個人，也許，她連宣稱自己就讀中文系也是謊言。

但那一點也不重要，我只希望她的戀情可以順利。

雖然我很明白，往往愛情就是這樣，不可能所有人都不受到傷害，有人開心，就有人會傷心。

當我正在停放腳踏車的時候，正巧看見黎蔲從對面走過來。

「向春日，還眞準時，沒有遲到喔。」黎蔲開玩笑地指了指手錶，「昨晚沒有徹夜玩電動？」

我知道她在糗我，卻不覺得反感，我笑了笑，「眞的，我睡到時間剛剛好才起床，我們兩個的溫度差終於一致了。」

她先是一愣，接著眞眞切切地笑了起來，是那種鬆了一口氣的笑容。

「那我們要去哪裡？」

「我想想，妳有想去哪裡？」

「什麼嘛！你居然沒先想好！」她裝作生氣地打了我的手臂一記，接著她頓了頓，才又笑著說：「似曾相似呢。」

只是已經沒有芥蒂，也不再尷尬，因爲我們的關係已經回到最初的最初，那個什麼特別情愫都沒有的最初。

然而，我不由得微微苦笑，已經釋懷的是她，可不是我。

我忽然靈光一閃，「對了，我們回高中看看吧。」

「高中？但今天可以進去嗎？」

「誰知道呢？走吧。」

我牽出腳踏車，拍拍後座，「緬懷一下青春時代吧。」

「我現在也還很青春呀。」黎莞笑著走向我的後座。

我的後座，從以前到現在，也就只有她坐過。

我踩著踏板沿著河堤前進，這條曾經騎過三年的路，如今竟顯得有些陌生，好像過去曾經走過的足跡都已不復存在，一切很不眞實，三年的高中生活竟恍如南柯一夢。

出乎意料的，校門口的警衛還記得我，和他打過招呼，表示我們只是想回母校逛逛，警衛便沒多作阻攔。跟以前一樣，我把腳踏車停入車棚內，黎莞站在校門口環顧四周，從她臉上看不出她此刻心情如何，但我想大概也是充滿懷念吧。

「嘿，向春日。」見我走過去，黎莞對我揮手，「我剛問過警衛了，因爲今天剛好有老師來學校辦公，所以還可以上樓去走走，我想學校老師一定都還記得你，就算遇到老師應該也不會怎樣吧。」

我同意了她的提議，往樓梯上走。這座以前明明每天爬上爬下的樓梯，這時卻突然讓我感到很陌生，是因爲我們現在穿著便服的緣故嗎？我不知道，我只是在這一瞬間，深深體認到我們距離高中那段歲月已經太遙遠了。

來到以前的教室，黎莞先是在B班門口探頭張望，然後低聲竊笑，不用猜我都知道她想到什麼。

我拍了拍C班的教室前門，故意大聲說：「我們應該進不去。」

「當然進不去，門都鎖起來啦。」黎茺走過來，站在我身邊，透過玻璃窗往教室裡頭看。

「我以前的座位在那裡，喔，那個人也把桌子弄得太亂了吧。」我說。

「哈哈，你以前桌子有很乾淨嗎？」

「那當然，妳看妳以前的座位，抽屜好像還有一個麵包。」

「討厭，是誰這麼髒啦，不好好善待我們用過的桌椅。」黎茺皺眉。

站在走廊邊，我們並肩俯視下方的中庭，從這裡還可以看見操場和體育館，黎茺說以前朝會每次見我上台領獎就覺得很生氣。

「妳也領過進步獎啊。」一說完我就知道開錯話題，果不其然，黎茺臉上立即綻開甜蜜的笑容。

「因爲有常大爲的筆記呀。對了，你知道嗎？現在少了他的筆記加持，我上次期中考分數有點慘烈。」

她和死魚眼雖然念同一所大學，但科系不同。

「該不會到時候死魚眼升上大三，妳還在大二吧？」我故意揶揄她。

「哼，才不會呢，我不會被扣考，我只是成績有一點點危險，而且我很乖，教授們都很喜歡我。」黎茺爲自己辯解的模樣和以前一樣，我又忍不住笑了起來。

陽光灑落在走廊上，一片耀眼的光亮，幾乎讓人無法直視，黎茺忽然目光柔和地看著我說：「向春日，你依然是太陽呀。」

「太陽是很孤單的。」我再一次這麼說。

黎芃瞪大眼睛，語氣有些憂心，「怎麼了嗎？向春日。」

「什麼怎麼了？」我不解。

「以前說你是太陽，你總是笑著敷衍回應，有時候甚至還會故意說些吹嘘的大話，可是你剛才居然說太陽是寂寞的？」

「沒錯呀，妳不覺得太陽很可憐嗎？獨自在黑漆漆又寒冷的宇宙裡發光發熱，就算太陽的光熱為地球萬物帶來生機，大家都很崇拜太陽，可是太陽依舊是孤單的。」

「怎麼了？向春日，你和女朋友吵架了嗎？」黎芃好像真的很擔心，也許在她心裡，我永遠都應該要樂觀開朗。

我苦笑一聲，搖搖頭。

黎芃視線落在我的領口，「你這邊有顆釦子鬆掉了。」

「真的？我沒發現。」

「要不要幫你縫？」

「現在嗎？哪來的針線呀。」

她從包包找出一組簡易針線包，「托你的福，我到現在還是隨身攜帶針線。」

「怎麼會是托我的福呢？那是因為妳以前是縫紉社的社員吧。」我笑著脫下襯衫外衣，只穿著T恤。

黎芃聳聳肩，沒有多說什麼，只是低著頭動作靈巧地縫著釦子。高一剛認識她時，她明明很不屑幫我縫釦子，然而也不知道從什麼時候開始，為我縫釦子就成了她的工作。

因爲那時候我以爲黎莯不會喜歡上我，所以才會毫無顧忌地把這件差事丟給她，一開始她縫得很糟，但自從加入縫紉社後，她的技術越來越厲害，所以我更習慣把這件事情推到她身上……

難道……黎莯當初之所以加入縫紉社，是因爲這個緣故嗎？

我看著黎莯的側臉，「妳加入縫紉社，該不會是因爲我吧？」

原以爲這只是句玩笑話，可黎莯不僅沒有否認，她的耳根還微微泛紅了起來。

見狀，我的心臟突地猛烈跳動，我伸出手，彷彿要抓住什麼，心裡卻瞬時閃過晶晶說的話——

「別做出會傷害黎莯和常大爲感情的事。」

黎莯對我已經沒有絲毫愛慕之意，我比誰都清楚，就算我現在緊緊抱住她或是再向她告白一次，我和她之間的關係也不會有任何改變。

可是她卻會因爲我的舉動而苦惱，說不定還會因此而懷有罪惡感，如果我眞的喜歡她，就不該讓她陷入這樣的情緒。

所以我縮回了手，轉身往走廊外看去，陽光一片燦爛。

「縫好了。」黎莯將襯衫丟回給我，「所以才說托你的福，讓我練就一身縫紉好工夫。」

她笑靨如花，我們之間剩下的只有回憶與友誼，所以我也回以微笑，決定什麼都不說。

接著我們來到體育館，聊起高一那年，我們班有多麼神勇地拿下籃球比賽冠軍。

「你那時還誇口要連拿三年冠軍，結果高二就被常大爲電慘了。」

「喔，閉嘴！」實在不願意回想。

黎莞滿臉笑容，很爲自己的男友感到驕傲，「不過說眞的，你也很厲害。」

「謝謝這遲來的誇獎。」

「我是說眞的啦。」黎莞的表情很認眞，「那是因爲你們都低估了常大爲，才會被他打亂比賽節奏，不然我們班的籃球實力還算滿強的呀！」

「就算只是安慰的話，我也很開心。」

「我是說眞的！」黎莞強調。

「我知道，我也是說眞的啊。」我對她微笑。

她頓了頓，最後也掛起笑容，「好吧！」

黎莞嘴裡哼著歌，沿著球場邊的白線往前走。

「大學有趣嗎？」我走在另一邊的白線上。

「還滿好玩的，社團活動、系上活動、家族活動……總之形形色色的活動很多，原本我覺得我們的高中生活已經很好玩了，沒想到大學活動的豐富程度更是超乎想像，而且大學女生的積極程度也是無法想像……哈哈，我在說什麼啦！」黎莞笑了幾聲，繼續哼著歌。

「看樣子很幸福嘛妳。」

「你不也是嗎？上次在遊樂園碰巧遇見你的女朋友，對了，她說她知道常大爲，爲什麼她會知道啊？」

「她以前也是我們高中的。」

「眞的假的？哪一班呀？」

「我也不知道。」

「哪有人連自己女朋友高中念那一班都不知道啊。」黎莌嘖了聲。

「她不是我女朋友。」我說，對面的黎莌停下腳步。

「不是女朋友？」

我點頭，目光對上她的眼睛，「只是一個，和某人有點相似的朋友。」

「是喔……」黎莌若有所思。

而我腦中又閃過晶晶說的話，忽然有點想要惡作劇。

雖說是惡作劇，但其實說出來的話是半開玩笑半認眞的，「怎樣？所以如果我沒有女朋友，妳就不會單獨跟我出來了嗎？」

「才、才不是。」她動作僵硬地將頭髮撥到耳後，結巴的語氣出賣了她的心口不一，這讓我更想要捉弄她。

「是這樣嗎？」我故意朝她走近。

黎莌握緊拳頭，肩膀僵硬，我覺得她這個模樣很可愛，但我立刻警告自己不能踰越，界線就到這裡。

「唉，向春日，因爲怎麼說……畢竟過去也發生過一點點小事情，所以我當然會覺得，我們保持一點點適當距離比較好。」

我有些驚訝地挑起眉毛，卻又覺得好像也不意外。黎莌果然就是黎莌，一點也沒有變，不會找些藉口或是什麼好聽的話來掩飾，而是說出她真實的想法。

「不過，晶晶就會單獨跟我見面。」

「那是因爲晶晶還可以帶告白男跟你一起碰面吧。」黎莌苦笑。

這下子換我說不出話來了，原來黎莌也知道，我沒辦法單獨跟死魚眼相處。

忽然間我大笑了起來，笑彎了腰，甚至笑到跌坐在地上，笑聲仍然未歇。

黎莌一臉茫然，不明白我到底在笑什麼，其實我也不明白啊，明明沒什麼事好開心的，可我就是覺得很好笑。

最後黎莌被我感染，也跟著笑了起來，她跟我一樣坐在地上，雙腳很不淑女地交疊著，也就是這種自然不做作的率眞，才會如此吸引我和死魚眼吧。

「幹麼這樣看我？」察覺我的目光，黎莌擦著眼角笑出來的淚，好奇地問。

「沒，我只是想妳這樣張嘴大笑的模樣，死魚眼有看過嗎？」

「當然有，怎樣？你想說什麼？」黎莌瞇起眼睛。

「這麼不淑女的樣子，死魚眼見了不會幻滅嗎？」

「啥？」她愕然。

我故意說：「妳應該是他的女神之類的吧，看見妳這樣，難道死魚眼不會覺得『啊啊，幻滅了啊，黎莌就是個普通女生而已』？」

「哼！我本來就是個普通女生，普通也沒什麼不好，常大爲也很普通呀！」她有些生氣地努起嘴。

「拜託，怎麼想死魚眼都不普通，我才叫普通好嗎？」

聽了我這句話，黎莐表情瞬間一變，像是看臭蟲一樣盯著我瞧，「聽到你這樣說真令人不愉快。」

「什麼？」

「你是向春日欸！居然說自己普通，我的天呀，外面氣得要打你一拳的人已經要排隊排到月球去了！」

「哪有辦法排隊到月球，宇宙可沒有空氣啊，笨蛋。」

「我當然知道這種事！你很煩！」黎莐嬌嗔。

我笑了兩聲，黎莐覺得死魚眼很普通，卻覺得我不普通。這種時候，我寧願我是個普通的人。

「好了，走吧。」我站起來。

「要走了嗎？」黎莐也跟著我站起來。「我肚子好餓啊，要去吃點什麼嗎？晶晶說附近好像開了一間還不錯的……」

「妳今天和我出來，死魚眼知道嗎？」

對於我這個突如其來的問題，黎莐只是用稀鬆平常的語氣回：「知道。」

「他有什麼反應？」

「你也知道常大為，就那樣。」黎莐裝出一副面無表情的模樣，我失笑，黎莐頓了下，才又說：「我以前總覺得他要多笑一點、多話一點，這樣才會交到更多朋友，可是現在我卻希望他永遠面無表情好了，他們班的女生真的很討厭，明明知道我的存在，卻還是一直往他身邊黏過去，真的很過分！常大為又是個濫好人，不太講重話直接拒絕別人，我甚至都會懷疑他到底還喜不喜歡我。」

說到這裡，黎莐看了我一眼，吐了吐舌，「我又抱怨了。」

「我倒覺得這不是抱怨，而是在炫耀。」我給她一個白眼。

「哈哈，幹麼這樣。」

「所以你們現在很幸福。」

「還可以嘍。」她低下頭，手指拉扯著自己的衣襬，想掩飾害羞的情緒，「那麼，向春日，你幸福嗎？」

我幸福嗎？

思索了一下，幸福的定義到底是什麼呢？

喜歡的人不喜歡自己，難道就是不幸福嗎？

仔細想想，我已經算是天之驕子了，成績不錯，交友廣闊，生長環境優渥，從來不用爲吃穿憂愁，每天吃得飽睡得香，求學一路順利，大學也考上自己喜歡的系所。第一個喜歡上的女孩雖然沒能和我在一起，她現在卻可以笑著站在我面前和我聊天。

最重要的是，我現在可以站在這裡思考幸福的定義，這件事本身就是最大的幸福。

我想起眷戀，想起她揮手道別的身影。

我頓時豁然開朗，我明白了她爲自己取名爲眷戀的原因。

她就是我的鏡子，讓我知道，自己依舊眷戀著黎莐，但這已經不是愛情，而是一種依依不捨，我只是捨不得記憶中的黎莐，那個曾經喜歡過我的黎莐，以及曾經兩情相悅的我們。

我所眷戀的，或許只是那段來不及開始的愛情。

爲此我掛起了笑容，告訴黎莐：「我很幸福啊，我想會一直這樣幸福下去吧，妳也是。」

聞言，黎莐終於露出今天以來，最欣慰的笑容。

走到校門口，我突然定睛看向對面巷子，忍不住笑了聲。

「幹麼？」黎莐側過頭問我。

「妳記得吧，畢業那天我不是在校門口抱住妳嗎？那一幕可眞是驚天動地，我想我這輩子不會再對任何女生那樣做了。」

「向春日！」黎莐整張臉漲得通紅，「這輩子還這麼長，不要輕易說這樣的話。」

「不，我是說眞的啊，那麼丟臉的事，只有十八歲的我才做得出來吧，那時候我根本沒想太多，結果一直到現在這件事都還會被大家拿出來糗。」

「什麼呀！所以你是覺得很丟臉嘍！」黎莐的表情好氣又好笑。

「當然丟臉啦，所以往後我絕對不會再做那種事情了，現在的我會理性一點，例如直接拉著對方去找人，或是找個隱密處再講，總之絕對不會再當眾和女生拉拉扯扯，又不是在拍戲。」

「向春日，那你還記得後來我們把腳踏車牽去你家還你的事嗎？」黎莐目不轉睛地看著我。

當時一個衝動把腳踏車讓給黎莐、鼓勵她去找死魚眼後，圍觀眾人自然在旁不斷起鬨，一群女生甚至蜂擁而上大喊：「沒關係，你還有我們！」

被那群女生團團包圍的我，急著想要找晶晶求救，卻見她正抬頭仰望校舍頂樓，我雖然好奇她到底在看什麼看得那麼出神，但敵不過那群女生的步步進逼，只好趕緊落荒而逃。

公車站牌處聚集不少我們學校的學生，他們大概是親眼目睹或八卦風聞了我剛剛在校門口的豐功偉業，才會一見到我就顯得有些騷動，我索性選擇走路回家，圖個清靜。

沒想到才走進巷子裡，卻見死魚眼和黎莯並肩站在我家門口，對我而言，他們交握的雙手是最刺眼的景象。

「謝謝你。」

仔細回想，那是高中兩年以來，我和死魚眼第一次面對面說話。

明明我們有過很多可以交談的機會，然而也許在潛意識裡，我們都不想與對方說話。

他將腳踏車還給我，對我說的那聲謝謝不知道是因爲車還是黎莯，但看見雙目紅腫卻笑得燦爛的黎莯，那瞬間我內心湧上的喜悅大過於心痛。

「別只顧著戀愛而荒廢學業，黎莯，妳還沒考上大學啊。」我笑著調侃她兩句。

「我知道啦。」黎莯哼了聲。

「我會監督她念書。」死魚眼也說話了，他臉上還掛著難得的笑容。

「那一定沒問題了啊。」我牽起腳踏車，「你們要幸福啊。」

喔，對，當時我也說了一樣的話。

眼前的黎莯笑容很溫暖，「你老是在問我幸不幸福呢。」

我愣了愣，是這樣啊，我在乎她的幸福，希望她過得快樂。

希望曾經喜歡過的女孩過得幸福，就是這樣的感覺。

於是我拉過黎莯的手腕，在她還來不及反應的時候，緊緊抱住她。

「向春……」

從她髮間傳來的是陌生的香味，黎莌早就走到我不熟悉的地方，而我也是。

下一秒，我馬上被一股強大的力量猛地拉開，讓我差點站不穩腳步，抬頭一看，果不其然死魚眼就站在我面前，盛氣凌人。

「常大爲？」黎莌驚呼。

死魚眼只是瞪著我，他現在的表情可一點也不死魚眼啊，感覺隨時都要撲過來給我一拳似的。

我忍不住大笑，眞心地笑著，「黎莌，妳完全不需要擔心啊，妳看他喜歡妳喜歡到要跟蹤我們，而且還從好好學生晉升成想揍我的男人了。」

「跟蹤？」黎莌疑惑地看向死魚眼。

他一愣，先是緊張得東張西望，最後狼狽地低下頭。

「我不是不相信妳……」死魚眼迅速瞥了我一眼，「我是不相信他。」

「欸欸欸，相信我一下好嗎？」我在旁邊插嘴。

死魚眼又瞪了我一眼，這還是他第一次對我表露出如此強烈的嫉妒。

「憑剛才那樣？」

看樣子兩年的時間足夠讓大家都改變了，或者是因爲死魚眼早就是黎莌名正言順的男朋友，才會如此理直氣壯？

「這可要怪你啊，黎莌抱怨你都不對那些纏著你的女生說重話，剛剛我正巧瞥見你就站在對面巷子，拜託，你才要感謝我吧，你看黎莌現在多開心？」我竊笑著，指向此刻正滿臉通紅掩飾不了興奮的黎莌，她正眨著水潤的眼睛，眼巴巴地看著死魚眼。

「所以說，這是眞的嗎？你眞的在跟蹤我？我跟你說我要跟向春日見面時，你明明什麼反應都沒有，居然會偷偷做出這麼可愛的事，你從什麼時候開始跟蹤我的？」她劈哩啪啦地問出一連串問題，這下子我反倒同情臉皮薄的死魚眼了，他支支吾吾不知該如何是好。

「好了，黎莌，別太逼他。反正這下妳知道，妳的煩惱是多麼奢侈了吧？」

「嘿嘿。」她傻笑兩聲，「謝謝你，向春日。」

「午餐就和死魚眼浪漫共度吧，我要回家吃媽媽做的飯菜。」

「哈哈，哀怨什麼。」黎莌用力打了我一下。

「我叫常大爲。」死魚眼似乎是想對我生氣卻又不知道怎麼生氣，所以悶悶地補上這句。

雖然我始終不明白他爲什麼會那麼受女生歡迎，現在我卻覺得，也就是這樣的他，才更適合黎莌吧。

「好，我知道了。」但我還是會叫你死魚眼。

「拜拜，向春日。」黎莌對我揮手道別，然後牽起死魚眼的手。

「拜拜。」看著他們的背影，我露出微笑。

這一次是眞切的，送走了我的眷戀，也送走了我的初戀。

「拜拜，黎莌。」

不，應該是說，第二次初戀。

紀念版番外
二十七歲的向春日

校園裡的風雲人物，在出社會之後依然如此嗎？

根據統計，嗯，也不知道是哪來的統計，大概就是我自己的統計吧。

總之，人的一生只會有一段時間發光發熱，也就是說如果你的巔峰期是學生時代的話，那出社會後就會恢復成一般水平。

不過，我想我是個例外，因爲我還是很受歡迎。

咳，這樣講大概太不害臊，不過眞實狀況就是如此，學生時代受歡迎對我造成困擾，出社會後受歡迎對我來說也是困擾，只是困擾的程度不同罷了。

「向春日喔，怎麼像你這樣的男人會是單身呢？」同事小賴紅著臉，不過不是因爲害羞，而是因爲喝了酒，但也不是因爲醉了，純粹是肝功能代謝不好的關係。

「正是因爲像他這樣的男人，才會二十七歲還單身啊。」另一個同事志偉小酌著搭腔。

「我該怎麼解釋你這句話？像我這樣的男人到底是怎樣的男人呢？」我瞇起眼睛，看著眼前這兩位明明年紀跟我差不多，可一位老婆剛懷孕，一位下個月準備結婚的同期。

「就是像你這樣啊，帥氣、賺得多、個性好，看起來就像是明星一樣，明明應該是每晚換女人也不奇怪的人設，可是卻單身好幾年。」小賴又喝了一口啤酒，還夾了泡菜。

「但就是因爲這樣子，所以一些想好好交往的女生也會卻步吧，想說你看起來就很受歡迎，眼光一定很高，女生會覺得自己配不上你，或是認爲你一定很花心，不想被玩弄感情啦～所以接近你的女生，大概就是想一夜情吧？」志偉又接著說。

「你們還眞是口無遮攔耶。」我怪叫。

「我們是擔心你耶！」他們異口同聲。

「謝謝喔，我還眞是看不出來。」我搖頭。就在這時候，從剛才就一直在偷瞄我們這邊的隔壁桌女生，在一陣鼓譟下，一位穿著緊身針織衫且身材火辣的女生站了起來，婀娜地走到了我們這桌。

「那個……我注意你很久了，如果不介意的話，這是我的聯絡方式。」年輕女人將紙條放在我面前，還稍微擠了一下她的胸部。然後女人對我眨眼後，回到了那桌興奮無比的女孩團裡。

「哇靠，我第一次親眼看見這樣子的搭訕耶！」

「還這麼正，可惡，我已經搞不清楚到底是要羨慕嫉妒還是恨你了！」

小賴和志偉兩個人誇張地說，而我拿起那張寫著LINE ID的紙條，考慮著是否要聯絡她。

身材是很好，臉蛋也很漂亮，皮膚白皙，舉手投足都散發著女性的魅力，大概沒有男人會拒絕吧。

於是回家後，我加了對方的ID，聊了沒幾句後，她便邀約我外出，反正我也沒什麼損失，不是嗎？

所以我和她約在酒吧，她穿著與剛才一樣的衣服，站在吧台邊對我招手。

「妳來得這麼快？」我問。

「我沒有回家，因爲我知道你一定會加我的。」她胸有成竹地微笑，看起來就是那種從來沒被拒絕過的女人。

想到這，我不禁一笑，從來沒被拒絕過的女人，跟從來沒被拒絕過的男人。

「我先問清楚了，妳是想要交朋友呢？還是一夜情呢？或是想要交往呢？」

女人對於我會這樣問，感到有些詫異，「看不出來你是會這樣問的人。」

「通常是不會問的，只是今天興致來了想問。」我跟酒保招了手，對方馬上送上平常我會點的酒。

女人瞧見了，露齒微笑，「看來你很常和別人約在這裡呀，酒保都知道你會點些什麼了。」

「是啊。」我喝了一口，朝她露出笑容，「所以剛才的問題呢？」

「我有男朋友，所以答案應該是二。」她說得理直氣壯，而我也不覺得意外。

「抱歉啦，有男朋友就算了。」

「好吧，其實我也可以隱瞞的，但覺得還是老實說比較好。」女人聳肩。

「那妳也會老實跟男朋友說嗎？」

「當然不會，又不是發瘋了。」她失笑。

「所以老實是看情況的。」我說，而她只是吐舌笑了下。

杯。

「既然這樣的話，就一起喝一杯，然後各自回家吧。」她也顯得風度，拿起酒杯與我乾杯。

她說自己和男友是從國中開始交往，到現在也交往十多年，說要結婚好像也該結婚了，但就是沒有動力與衝動，加上交往時間久了，也從牽手會害羞到現在洗澡都不關門的程度。

「我想就是少了那種悸動吧，不過還是愛他喔。」她喝了酒後，臉頰紅潤了起來，分不清楚是醉了還是代謝不好。

「妳很常跟外面的男人約？」畢竟她剛才搭訕的方式，看起來挺老練的。

「很神奇喔，每次和其他男人擁抱後，我就會覺得，我果然還是很愛我男友。那爲什麼我又會做出這樣的事情呢？我眞的也想不透。」她扯了嘴角，這番壞女人的言論，在這時候看起來卻有些淒楚，我肯定是瘋了吧。

後來我和女人在酒吧前分別，我想離開後就會把彼此的訊息給封鎖了吧。

趁著夜晚涼風，我決定騎腳踏車回去。

「等等，我這樣算酒駕嗎？」我站在腳踏車前猶豫了一會，最後，我決定走路回去。

於是我走在夜晚的台北街頭，因爲附近夜店林立，所以即便已經凌晨，倒也不顯寂寞，周邊許多人大聲說話、高唱歌曲，雖然有些嘈雜，我卻認爲這樣的夜晚十分有朝氣。說實話，我挺喜歡這樣的感覺。

想起剛才那個女人，就算有男友……但如果對方都清楚表示只想要玩玩的話，照理來講我不會拒絕，只是那個當下突然就覺得算了。

爲什麼呢？大概是因爲我想到黎莀和常大爲吧。

他們也是從高中交往到現在，這麼多年過去，應該也早就跨越那種見到對方會臉紅心跳，見不到對方會一直想著彼此的時候了吧。

神奇的是，隨著年紀，每個人都會從清純的青少年變成世俗的大人。

十年前，我還能抱著黎莐要她去追尋自己的幸福，也不是十年，現在我才二十七歲，所以應該是九年前。

而大學時代的我，還會想著黎莐幸福就好，還在心裡跟自己的初戀道別。

如今要是我忽然等等就被卡車撞到，然後穿越回去高中時代，我想我一定更有把握能把黎莐留在身邊吧。

倒不是說我現在還忘不了黎莐，畢竟是學生時代的回憶總是特別啊。

於是我決定在這時傳訊息過去。

「寶貝，妳在做什麼？方便講電話嗎？」

傳完後，我忍不住偷笑起來，現在是凌晨三點，就算明天不用上班，大概也在睡覺了吧。

「向春日，喝酒啦？」

沒想到黎莐居然回應了，我挑眉，「喝了一點，妳還沒睡？」

「那要不要來我家？」

我是看錯了嗎？黎莐約我去她家？

難道黎莐跟剛才的女人一樣，交往久了，要藉由其他男人的溫暖，來提醒自己還是最愛自己的男友嗎？

不不不，別的女人這樣子我不在乎，可是住在我青春記憶裡的黎莐，可不能變成這樣啊！

她就是得對常大為一心一意，才會是黎莐啊。

「妳是和死魚眼吵架了嗎？」

「哈哈哈哈，你傳那樣的訊息過來，不就是想害我們吵架嗎？」

結果黎莐的回應讓我鬆了一口氣，「我和晶晶在聚會，久違的三人組要不要聚一聚？」

十分鐘後，我搭著計程車來到黎莐家樓下，正確來說，是她和常大為一起租的房子。

「春日～你來得可真快啊！」涂晶晶看起來喝了不少，手上的指甲一如既往地美麗，她穿著輕便的居家服，還戴上了眼鏡。

「妳近視啦？」我脫掉鞋子，在玄關張望了一下。

「出社會後莫名就近視了，很奇怪吧。」涂晶晶聳肩，坐回沙發上，還拿了桌上的洋芋片吃了一片。

「我也帶了宵夜來，看來妳們吃不少囉。」我搖晃著手中的鹹酥雞。

「哇賽，凌晨三點多，你去哪買到鹹酥雞的啊？」黎莐也穿著居家服，頭髮隨性地用鯊魚夾挽起，素淨的臉上已經不如高中時期稚嫩，反倒多了細紋與黑眼圈。年齡還真是最公平的東西，可是那雙靈活的大眼，還是如此青春閃耀。

「我就是會有辦法。」

我將鹹酥雞放到桌上，也拿起一罐啤酒打開。

「也是，畢竟春日可是玩得很凶，玩完肚子餓找不到東西吃就慘了。」涂晶晶調侃著，而我白了她一眼。

「哇，我們好久沒有這樣聚會了，應該沒打擾到你的夜夜笙歌吧？」黎莌坐到一旁的懶骨頭上，開心吃著我買的雞屁股。

「當然沒有，我才準備要回家而已。」我又喝了口啤酒，「常大爲呢？」

「他出差，星期天才會回來。」黎莌聳肩。

「沒想到我們都變成社畜了，哭哭。」涂晶晶說著，「我們以前學生時代的快樂時光，居然都已經是九年前的事了，當時最大的煩惱就只是擔心考試考不好。」

「還有失戀啊。」黎莌吐嘈。

「現在眞的覺得失戀也沒什麼。」涂晶晶搖頭，「我星期一有個企畫要直接向老闆報告，我壓力好大，已經胃痛兩天了。」

「那妳還喝酒。」

「我這叫做紓壓。」涂晶晶說，「你們最近還好嗎？黎莌該準備結婚了吧？」

「哎呀，我媽說結婚要先買房子才行啦……」黎莌嘆氣。

「現在誰買得起房子啦，租得起就要偷笑了。春日你呢？還是沒有女友只有炮友？」

「咳，注意用詞啊，涂晶晶。」我差點嗆死。

「我眞的是隨著年紀越大，越來越口無遮攔。」涂晶晶往後癱在椅背上，「我好懷念高中時，我們三個都還沒有感情糾葛，每天待在一起聊天、玩樂，講一些垃圾話那樣的日子。」

「先放感情來亂的是妳喔！」我馬上指責涂晶晶。

笑。

「欸，幹麼這樣啦！」涂晶晶怪叫。

「不過我們現在不也是三個人聚在一起嗎？」黎莌的話讓我和涂晶晶一愣，然後相視而笑。

「是啊，雖然現在工作好累、感情好累、生活好累，沒幹麼都累，但至少我們三個還是好朋友。」涂晶晶拍拍我的肩膀，然後跳往黎莌的懶骨頭上。

「不過黎莌，難道常大為都沒說要結婚嗎？」

「他就木頭啊，不會說什麼要求婚的話啦，不過我們是有共識要走到那一步，只是要先買房子再結婚……我想，到三十歲都不可能吧。」

「放心啦，等妳三十幾歲，妳媽就會開始著急了，到時候先懷孕再結婚都可以。」涂晶晶說出了實話，我們全都哈哈大笑。

「所以春日，你眞的都沒有女朋友喔？」黎莌把話題轉移到我身上。

「我沒有特意不交，只是沒遇到可以交往的對象。」我這話也沒說錯，才知道離開學校後，要找一個人交往有多不容易。

「我覺得應該是你太挑了。」涂晶晶又跳回我旁邊，夾了好幾塊鹹酥雞。「不過要是你有女友了，也沒辦法像這樣子半夜跟我們兩個聚會吧。」

「啊，一定的，你女友怎麼可能放你出來。」黎莌也這麼說。

「尤其如果他女友知道一個是被甩過的、一個是甩過他的，那絕對更不可能讓春日跟我們見面。」涂晶晶哪壺不開提哪壺。

不過，正是因為能侃侃而談，才更表示我們都已經將那些放在過去。

「所以說，珍惜我還沒有女友的時光，才能這樣好好聚會啊。」我這麼說，她們兩個聽了以後皺起眉頭。

「少臭美了！」

「眞噁心呢！」

就這樣，即便感情上依舊是小空缺，但我還擁有兩個從青春時期併肩走過來的好朋友，我想，光是這樣，就很足夠了吧。

後記
羨慕嫉妒恨！

大家好，我是Misa，很高興在POPO城邦原創和大家見面。

不管是已經認識我或是剛認識我的朋友們，都相當歡迎大家來我的臉書粉絲頁坐坐，粉專與IG都請搜尋「尾巴Misa」。

這一本《第二次初戀》大家看完以後的感想是什麼呢？黎莌選擇了妳想選的那個人了嗎？

當初創作這個故事的概念就是，什麼叫做初戀？是第一個喜歡上的對象，還是第一個交往的對象？

向春日和常大爲這兩個近乎完美的男孩，是否也讓妳猶豫徘徊過，到底要選哪個呢？如果是在遊戲裡頭，就可以兩個都攻略，最後看誰好感度比較高，就跟對方在一起，可是這裡是現實世界啊（？），黎莌必定要選出一個才行。

我們先來談談向春日這顆太陽吧，我想只要是女孩子，很難不去喜歡上這樣一個光采奪目的男孩吧。

幽默、風趣、帥氣、陽光，舉手投足都散發著魅力，又和每個女孩保持距離，當妳是他最接近的人時，是否會自作多情？是否會情不自禁？

他就像顆太陽一樣，溫暖所有人的心，也照亮了黎莌這朵向日葵。

向日葵和太陽有多般配呀，「我凝視你」，完完全全道出了向日葵的單戀心意。

回到常大爲身上，不知道大家有沒有注意過台灣欒樹？它是台灣人行道上很常見的樹種，會開出黃色小花，結出紅色小果實，妳一定曾經在街道上看過，只是不知道原來那就是台灣欒樹。

常大爲就跟台灣欒樹一樣，一直都近在身邊，只是專心凝望太陽的向日葵遲遲沒有發現，一旁爲她遮風避雨的台灣欒樹。

其實這兩個男主角我都非常喜歡，一度超級猶豫到底黎莌該選擇誰，寫到兩萬字的時候才眞正下定決心。

一開始我設定的故事，就是要讓黎莌跟後來喜歡上的人在一起，問題是，黎莌要先喜歡上如陽光般的向春日，還是充滿神祕感的常大爲呢？

啊啊，這眞的都讓我好猶豫啊，可不可以兩個都打包？或是哪天寫個女主角享盡齊人之福的故事……（可以嗎？）

寫完這故事以後，總覺得三個男女主角好像眞的存在於現實世界裡，我的腦袋可以勾勒出那間學校的模樣，還有站在公車站牌旁的常大爲，騎著腳踏車的向春日，以及站在向日葵堆裡仰望太陽的黎莌。

每每在開始一個故事前，那些主角們都是平板人物，從我的腦袋裡憑空而生，但隨著故事的進行，他們卻越來越活躍，最後連他們講的話好像都不是我寫的，而是他們自己說的。

所以與其說，是我讓黎莌和常大爲走到一起，不如說是黎莌自己決定的。

而我也相信，對向春日來說，沒和黎莌在一起雖然可惜，卻讓他知道了喜歡一個人的感覺，對於向春日的挽回以及不死纏爛打的態度，讓Misa相當佩服，他充分展現出一個男人的風度。

不過換個角度想，要是黎莌後來沒有將心意轉移到常大爲身上，那麼向春日是否就不會嘗到嫉妒的滋味？也就不會發現自己喜歡黎莌了？

至於前期，向春日只對黎莌特別好，原因究竟是爲了疏遠涂晶晶？還是他認爲黎莌沒有喜歡自己？又或者是淺意識裡喜歡黎莌所以才靠近？

這些就不得而知了。

至於在籃球比賽處，向春日不希望有其他男生要黎莌的電話那段，雖然故事裡沒有明說，但黎莌在男生團體其實還算是小受歡迎，所以向春日身爲一個好朋友（？）的立場，不希望有奇怪的男生接近黎莌，才會那麼想要贏得這場比賽。

你們說這樣是嫉妒的表現嗎？

我不覺得喔！

也許對於向春日來說，多少人追黎莌都不要緊，只要黎莌的心在自己身上就行，所以當黎莌的心意開始轉移到常大爲身上時，向春日才開始緊張，並發現自己的感情。

超級可愛的常大爲不善言詞，初相識時講話都不超過五個字，這麼悶的一個男人到底哪裡好了啊？可是，就是會不自覺地很喜歡他啊，你們不覺得嗎？

故事發展到後期，他說話的字數慢慢變多，人也變得比較活潑些，也許就是因爲黎莌的關係，讓常大爲更能讓自己眞實的一面表現出來。

想像他露出的靦腆笑容，還有故事終章哭泣的模樣，眞的讓人好想摸摸他的頭，不論黎莌微笑或哭泣，傻瓜常大爲總認爲她是爲了向春日，所以當他終於明白黎莌的情感起伏都是爲了自己時，才會如此壓抑不住情緒外露。

多讓人心疼的一個男孩啊！

這麼講到最後，發現黎莌也太幸福了吧！

Misa要套一句涂晶晶說的：「羨慕嫉妒恨！」

故事裡的三個人，彼此都是彼此的初戀。

另外，既然這所學校的形象如此鮮明，又有四千多個學生，想必故事一定也很多嘍？嘿嘿，大家就敬請期待吧！

我們下次見！

Misa

紀念版後記

春天就是萬物盛開的希望

沒想到在九年後還會再寫一次《第二次初戀》的後記。

九年前的我還單身，現在已經是人母了，假如你是國中時期看《第二次初戀》的，現在應該讀大學或出社會了，時間還眞是一晃眼就消失了呢。

我很高興當初有寫出《第二次初戀》，因爲現在的我絕對寫不出如此純愛的故事，而且我有時候會想，《第二次初戀》已經是將近十年前的作品，假設最近才開始看Misa的小說，然後想回頭去購買其他作品，發現《第二次初戀》已經是九年前出版的書時，會不會覺得裡面的故事情節可能很老套、時空背景很懷舊，所以就不買了呢？

我想一定會有這樣的顧忌吧？所以當《第二次初戀》決定重新出版時，我也有點擔心現在的讀者會不會無法接受。

不過，有些事物是每十年一個輪轉，比如以前我們覺得老套的東西，對現在的年輕人來說卻很新穎，像是網路上許多我小時候就看過的笑話或是傳說，可是現在的年輕人可能是第一次看。

所以希望《第二次初戀》能再次帶給不同的讀者們，一樣的感動。

而對我個人來說，已經是九年前的作品，我的感觸當然特別不同。像是《第二次初戀》已經改編成了遊戲，這可是當年的我想都沒想過的呢。當時還說希望結局可以享齊人之福，疏不知遊戲讓讀者可以選擇和誰在一起，而我也眞的在去年出版了讓主角享齊人之福的作品呢！果然人生眞是不可思議呢。

多年後再次執筆全新番外，我想就讓角色跟著我一起成長。可是內容又不能太over讓大家嚇到，無法跟前面的角色個性做連結，所以我還是稍微修飾了一下，哈哈。

我曾經在直播時問大家，如果有機會再次看到《第二次初戀》，會希望我寫什麼？大家一面倒都說就給向春日一個女友，讓他戀愛順利吧。

其實我一直覺得向春日做什麼一定都很順利的啦，有時候不戀愛也是一種幸福啊，這是向春日的選擇。

而且說實在的，我還眞不知道要幫他配怎樣的女朋友呢。

不過，像向春日這樣的類型，意外的應該會閃婚喔，說不定他比黎莌和常大爲還要早結婚呢！

以我現在的眼光來看，我覺得向春日過得自由自在又瀟灑，多棒啊！

所以在寫番外的時候，我就決定不幫向春日設定一個女朋友了啦，畢竟在有限的字數裡，要讓他有個女朋友，其實也說服不了我自己。

況且從以前到現在，在我心中，向春日就是一個無拘無束的男子，他一定會很幸福而且能找到許諾終生的對象，只是我不想眞的把情節寫出來，希望留給大家去想像。

向春日的第一個孩子會是女兒，且他絕對會是個女兒控爸爸喔！

至於黎莐和常大為，他們大概三十多歲會結婚，黎莐媽媽會放棄先買房子的堅持，畢竟都三十多歲了啊，哈哈哈哈。

但我記得我當初設定常大為的家很大對吧？所以家很大的話財力應該也不錯，這樣不致於無法買房啊（整個忽然好現實）。

那就當做他們不靠父母，只想自己打拚吧！不過等到黎莐生下孩子，我想公婆還是會直接買房子給他們。

我的後記好像很隨便，大概是我現在也來到一個凡事輕鬆看待的年紀了吧。

重新出版的「戀之四季」系列，不知道你首選第一本看的會是哪本？

至少，我第一個寫的番外與後記，是《第二次初戀》唷～

那我們在《總會有一天》見吧！

Misa

國家圖書館出版品預行編目資料

第二次初戀【紀念版】／Misa著. -- 二版. -- 臺北市
：城邦原創股份有限公司出版：英屬蓋曼群島商
家庭傳媒股份有限公司城邦分公司發行, 2023.06
面；公分. --

ISBN 978-626-7217-47-4（平裝）

863.57　　112008621

第二次初戀【紀念版】

作　　者／Misa
責任編輯／林辰柔、黃韻璇
行銷業務／林政杰
版　　權／李婷雯

副總經理／陳靜芬
總 經 理／黃淑貞
發 行 人／何飛鵬
法律顧問／元禾法律事務所　王子文律師
出　　版／城邦原創股份有限公司
台北市中山區民生東路二段 141 號 6 樓
電話：(02) 2509-5506　傳眞：(02) 2500-1933
email：service@popo.tw
發　　行／英屬蓋曼群島商家庭傳媒股份有限公司城邦分公司
聯絡地址：台北市中山區民生東路二段 141 號 11 樓
書虫客服服務專線：(02) 25007718・(02) 25007719
24小時傳眞服務：(02) 25001990・(02) 25001991
服務時間：週一至週五09:30-12:00・13:30-17:00
郵撥帳號：19863813　戶名：書虫股份有限公司
讀者服務信箱 email：service@readingclub.com.tw
城邦讀書花園網址：www.cite.com.tw
香港發行所／城邦（香港）出版集團有限公司
地址：香港灣仔駱克道 193 號東超商業中心 1 樓
email：hkcite@biznetvigator.com
電話：(852) 25086231　傳眞：(852) 25789337
馬新發行所／城邦（馬新）出版集團 Cité(M)Sdn. Bhd.
41, Jalan Radin Anum, Bandar Baru Sri Petaling,
57000 Kuala Lumpur, Malaysia.
電話：(603) 90563833　傳眞：(603) 90576622
email：services@cite.my

封面插畫／阿殁Amo
封面設計／也津
電腦排版／游淑萍
印　　刷／漾格科技股份有限公司
經 銷 商／聯合發行股份有限公司
電話：(02)2917-8022　傳眞：(02)2911-0053

■ 2023 年6月二版
Printed in Taiwan

POPO城邦原創 www.popo.tw　城邦讀書花園 www.cite.com.tw

定價／330元

著作權所有・翻印必究

ISBN　978-626-7217-47-4

本書如有缺頁、倒裝，請來信至service@popo.tw，會有專人協助換書事宜，謝謝！